失去的过去
与
未来的犯罪

［日］
小林泰三
著
曹逸冰 译

CONTENTS
目录

第一部
不知道为什么,记忆是断断续续的。

×

001

幕间
就这样,全世界陷入了恐慌。

×

069

第二部
这是哪儿?
为什么他们都不动呢?

×

075

失われた過去と未来の犯罪

第一部

不知道为什么,
记忆是断断续续的。

01

总感觉……好像不太舒服。
是晕过去了?还是贫血什么的?
我明明在上网啊,怎么会坐在这里?记不清了。
万一是脑子出了毛病,那可就太吓人了。先在这里记一笔好了。
现在是晚上八点半。

咦?这是我写的?
我睡糊涂了?
都不记得自己写过这些话了。糊涂蛋。
姑且记一下,现在是九点二十分。

怎么搞的?
电脑上莫名其妙多出了几行字。可我不记得自己写过。
现在这段确实是我在写。可八点半和九点二十分的不是我写的。
是别人自说自话写的?那也太吓人了。

还是说……也许是我写的。

说不定我在不知不觉中变成了多重人格者,那些字就是另一个人格的我写的。

现在是十点。

这是怎么回事?恶心死了。

我真变成多重人格者了?还是有人在搞恶作剧?

呃……上面几段貌似是在八点半到十点之间写的。

当时我在干什么来着?

还记得七点多吃完饭以后,我回了自己的房间,开了电脑。

然后……

天哪,然后做了什么来着?

不会真被其他人格上了身吧?

可到底有几个人格啊?看上面那几段话,除了我,好像还有三个的样子。

怎么样才能确定这是我自己写的?手写的话,倒是能通过笔迹辨认出来。

啊!对呀,手写下来就好了。

现在是十点半。手写的也记上时间。

×!不是吧!我成多重人格者了?呃,看这架势,其他人格好像也没发现啊?现在写这段话的我是第五个人格?

可是不对劲啊。我还记得自己七点多吃完饭,回了房间,打开了电脑啊。也就是说,第四个人格跟我是一样的?可这也说不通啊。因为我不记得自己在十点半写过那段话。但手写的文字确实是我的笔迹。

总感觉这已经超出了恶作剧的范畴。

但又不像是多重人格。虽然在我知道的疾病里，多重人格好像是和眼下的情况最接近的。

总之，得先搞清楚我到底是不是多重人格者。

呃……其他人格，你们要是看到了，能回复我一下吗？

我是结城梨乃，一个十七岁女高中生的人格。

不对，我明明就是个女高中生。明明怎么看都是个女高中生，但说不定我的真身是个五十好几的大叔，而我只是他脑子里的一个人格，还是先做个自我介绍好了。请多关照。

现在是十一点零七分。

刚打了个瞌睡。

起来一看，才发现大事不好了。搞不好我真有多重人格。

呃……也就是说，我是第六个？

那我也先做个自我介绍吧。

我是结城梨乃，一个十七岁女高中生的人格。

不对，我看每个人格大概都是女高中生。因为单看文字，性格都跟我一样。

可我不记得自己写过那些，看来我真有多重人格？

真要说起来，如果大家都是一样的性格，那变成多重人格者还有什么意义啊？

不对，人本来也不是因为什么特殊的意义才变成多重人格者的。

可性格相同，记忆也一样的话，就不算多重人格了吧？

怎么想都不对劲。

总之，下一个人格，你要是看到了，请回复我。

零点二十五分。

真是多重人格在搞鬼？

如果是的话，那我就是第七个了。

这也太多了吧？

第四个跟第五个说她们还记得吃晚饭的事情，可我也记得。

这不就说明大家都是同一个人格吗？

可记忆并不是共通的。

哎，那晚饭之后的记忆到底是什么情况？

在其他人格那里？

即便是这样，可她们要是被一个又一个新人格取代，说那些记忆丢了也可以啊。

也就是说……嗯，与其说这是多重人格，倒不如说我是失忆了，好像还更像那么回事。

对了！失忆!! 这个解释明显更有说服力不是吗？

大概……我是出了什么事，比如在楼梯上一脚踩空，撞到了头，于是把以前的事忘了个干净……

咦？可我还记得啊。以前的事情，基本都还记得。

那……我是没失忆吗？

不对啊，我不记得晚饭以后的事情了。有这种只丢短期记忆的失忆吗？比如记得很久以前的事情，却偏偏想不起来刚发生的……

啊！喝醉酒不就会这样吗？就是喝断片了。电视剧里都是这么演的，爸爸也说他偶尔会喝断片。

也就是说，我刚才是喝醉了？

不对啊,我根本没喝过酒。

难道我连自己喝了酒这事都忘了?

酒鬼都这样吗?回过神来才发现没有昨天的记忆,连自己喝过酒都不记得了?

那参加派对跟宴会还有什么意义啊?反正一喝酒就忘光了。

话说现在离晚饭时间也才六个多小时,如果我喝醉了,那现在应该还醉着啊!可我一点都没有醉酒的感觉。

难道我不是喝了酒,而是嗑了什么更糟糕的药?

我不记得自己买过药、嗑过药,不过我搞不好是连那段记忆都丢了。

现在是不是很糟糕?

啊!对了,上网搜搜看好了。

失忆……

哦哦,搜出来不少东西。失忆好像也有挺多种的。

嗯?

社交网站上的实时搜索结果怎么这么夸张。

才一小会儿,居然搜出了这么多。

怎么回事?

网上那些人都语无伦次的,看不懂他们在说什么。但在过去几个小时里,冒出了很多关于失忆的帖子。

好像有些人说自己失忆了。

总之先记一下现在的时间。一点十二分。

看完电脑屏幕上的大段文字,结城梨乃觉得有点恶心。

她本想继续写下去,可转念一想,又觉得再写也是白费力气。

往下写也不是不行，但文章显然只会变得越来越长，读起来越来越费时间。再说了，也不知道写了有没有用。

可要是放着不管，再过一会儿，她也许会忘记现在的想法，继续写下去。

梨乃毛骨悚然。

下半辈子都在写字和阅读的重复中度过，可怎么得了？

她意识到，有一个简单的方法可以防止这种情况。

她在文章的开头添了这样一段话。

不知道为什么，记忆是断断续续的。之后的文字也在没完没了地描述这种情况。不需要逐字逐句看。

这样就行了。可接下来该怎么办呢？

还是找大人问问吧。话说爸爸今天是不是上夜班来着？那就找妈妈吧。

梨乃出了房间，朝楼下的起居室走去。

还记得起居室在哪儿。也就是说，这并不是失忆吧。

走进起居室一看，母亲美咲正呆呆地看着电视。

一边看，一边抽泣。

怎么了？在看苦情戏吗？

可是那画面不像是电视剧。

只见一男一女并排坐在演播室里，看着摄像机。

应该是新闻节目吧。

但情况好像不太对。两个主播都盯着稿子发愣，然后望向摄像机，一会儿抚额，一会儿擦汗，一会儿揪头发。每隔一段时间，他们都会试图说点什么。"呃……请稍等。"说完，便低头看稿。

怎么回事？这就是传说中的播出事故吗？

哎哟，现在可不是八卦电视节目的时候。

"妈妈，我跟你说……"

奈何美咲抽泣不止。

我才想哭好不好。

"妈妈，你先听我说，我感觉不太舒服。"

美咲抬头望向梨乃，神情哀伤。"不舒服？"

"嗯，很不舒服。"

"发烧了？"美咲似在强忍哭腔。

"没发烧，可感觉不太对劲。"

"其实……我也不太舒服。"

梨乃生出一丝不祥的预感。

"哪里不舒服啊？"

"我……大概是老糊涂了。"美咲泪如雨下。

"怎么会呢？"梨乃问道。

"明明在收拾碗筷，可是回过神来，人已经坐在电视跟前了，边看边哭。"

"哭？为什么哭啊？"

"不知道，反正就是在哭。"

"那你也不知道自己现在为什么哭吗？"

"那是知道的。因为我发现自己老糊涂了。"

"那你怎么知道自己老糊涂了呢？"

"因为我刚才明明在洗碗，回过神来却发现自己坐在这里了啊。"

"是不是因为碗筷都洗完了啊？"

"不是的。我不记得碗筷洗完了,也不记得自己是怎么坐下的,又是怎么哭起来的,所以我才会意识到自己是老糊涂了。"

哦……妈妈还以为自己老糊涂了。我起初倒是只怀疑自己有多重人格。

"可你看起来一点都不像老糊涂的人。"梨乃说道。

"为什么啊?"

"因为我大概也出现了同样的症状。"

"天哪!年轻人也会糊涂的,这叫年轻型失智症……"

"这是个概率问题。一家人里有两个人在同一天变得糊里糊涂,你觉得这可能吗?"

"可事实摆在眼前啊。"

"如果论概率几乎不可能发生的事情发生了,那就得怀疑背后是不是有什么原因。"

"是饮食之类的生活习惯造成的?"

"我说的不是糊涂的原因,而是失忆的原因。"

"失忆?"

"我们是失忆了,"梨乃说道,"妈妈,我们今天喝过酒吗?"

"应该没有啊。"

"我们家就只有爸爸喝酒吧?"

"嗯……你连这个都不记得了?"

"记得,就是确认一下。先看看家里的酒有没有少吧。"

两人走向厨房。家里有几瓶啤酒,日本酒、葡萄酒和威士忌各有一瓶。葡萄酒和威士忌都没开封。

"还记得啤酒原来有几瓶吗?"梨乃问道。

"不记得了。"

"没有新的空瓶,大概是没喝过。日本酒少了没?"

"我也不记得了。果然是老糊涂了。"

"记得一瓶没喝完的酒还剩多少才怪呢。不过家里没有摆过酒宴的痕迹,我觉得应该是没喝过。"

"是不是喝过以后收拾干净了?"美咲说道。

"都喝到断片了,还有心思收拾吗?"

"看来不是喝醉了……"

两人回到起居室。

电视画面中仍是一团乱。

梨乃调到其他频道。

在这个时间段播新闻节目的电视台不算多,基本都在放电影和综艺节目。

播新闻节目的电视台有两三个,主播都是一副手忙脚乱的样子。

"非常抱歉,我好像受到了某种突然发作的疾病的影响,搞不清节目进程了。我们暂时先按原计划进行。情况可能比较混乱,还请观众朋友海涵。"

这个主播素来以沉着冷静著称。可他此刻竟脸色煞白,冷汗直流。

母女二人看了一会儿电视,沉默不语。

梨乃突然发问:"妈妈,你怎么哭了?"

"啊?我哭了?"美咲说道,"真的,哎,我怎么哭了?"

"你问我,我问谁啊……"梨乃耸了耸肩。

"真是怪了……我是什么时候开始哭的?"

"……不记得了。怎么会这样啊?"梨乃歪着头,很是疑惑。

"我明明在洗碗啊……怎么办啊!!"美咲号哭起来。

"妈妈，你怎么了？"

"我肯定是老糊涂了！"

"先别急，我问的问题你都回答得很清楚，老糊涂的人哪儿有这个本事……话说回来，我明明是在二楼啊，怎么莫名其妙跑一楼来了？"

"是啊，我也记得你上楼去了。"

"我是什么时候下来的？"

"……不知道。我果然是老糊涂了……"

"怎么又绕回这个结论了？总之，我先上楼看看情况，说不定能搞清楚原因……哇!!"

"怎么了？"

"天都快亮了！"梨乃指着时钟说道。

"啊?! 天哪，还真是……我果然是……"

"别急着下定论。我先回自己房间看看。"梨乃上楼回房。

桌上有一本摊开的笔记本，上面写着好几个时间。

这是什么？

梨乃又看了看电脑屏幕。

不知道为什么，记忆是断断续续的。之后的文字也在没完没了地描述这种情况。不需要逐字逐句看。

啊？真的假的？

梨乃不敢相信自己的眼睛。

可如果真是那样，眼下的情况就有了解释。

梨乃大致往后看了看。

那些文字确实是关于记忆断断续续的状况的描述。症状似乎是在晚饭后不久出现的。

总算搞清楚发生什么事了。这下就不会再慌了……不对啊，我明明看过这段文字的，可还是慌了啊！为什么？因为我不记得自己看过了。明明都写下来了，怎么会忘呢？对了，坏就坏在我没在一楼看到。

梨乃把开头那段话抄在本子上。

这样就行了，哪怕人在一楼也能看到。

梨乃拿着本子和圆珠笔下到一楼。

美咲在哭。

"你还在哭啊？"

"因为……我好像老糊涂了啊！"

"没事的，应该不是老糊涂……不过说没事好像也不太对。"

梨乃把本子递给美咲看。

"这是怎么回事？"

"就像本子上写的那样，记忆是断断续续的。"

"上面说的是我？"

"不，应该是我。但你的症状大概跟我一样，所以你就放心吧……好像也不能完全放心。"

"我们是失忆了？"

"应该是的。"

"会不会是撞到头了？"

"也许吧，可头不是很痛，身上也没有受伤啊。"

起居室的电视一直开着，主播慌乱地说着话。

"这个人的记忆好像也出问题了。"

梨乃在本子上写道：

电视台的主播也不太对劲。出现失忆现象的范围好像很广。

情况逐渐明朗了。不是零星几个人得病，而是某种大规模的灾害。也不知道是自然灾害、事故还是战争。

抬头望去，美咲在哭。

"又哭啦？"梨乃都无语了。

"我好像老糊涂了……"美咲抽泣着说道。

"啊？这么快就忘了？"

"所以我才说我老糊涂了，都不记得刚才发生了什么。"

我明明还记得，为什么妈妈的记忆消失了？这难道有很大的个体差异吗？

梨乃把本子拿给美咲看。

"什么意思？"

"就像本子上写的那样，记忆是断断续续的。"

"要不要叫救护车啊？"美咲问道。

"问题是，这个情况算不算紧急呢？脑子是清楚的，也能正常走动……"

"可万一突然恶化，连话都说不出来了呢？"

也对。如果是脑梗死造成的，还真有可能。

"好，我这就叫救护车试试。"

梨乃打了一一九[1]。

---

[1] 日本的急救电话和火警电话都是一一九。——编者注

电话打通了，却无人应答。

"喂？"梨乃问道。

"啊，喂？"电话那头传来女人的回答。

"麻烦派一辆救护车。"

"呃……我不是很确定现在能不能派车……"

"什么意思？"梨乃问道。

"我不知道这是怎么回事。"

"啊？"

"嗯，我也知道自己这话说得莫名其妙的……"电话那头的女人似乎很困惑。

"不好意思，能立刻派一辆救护车过来吗？"梨乃重复了一遍。

"您那边是什么情况？"

"我失忆了，可能是脑子出了毛病。某个钟点以后的记忆好像都没了。"

对方默不作答。

"喂？"梨乃顿时担心起来，连忙喊道。

"哦……原来是这么回事……"对方感叹道。

"怎么回事？"

"我的状态，大概跟您一样。"

"你也失忆了？"

"是的，但我一头雾水，都没想到自己是失忆了。"

"也不一定。说不定你想到了，只是忘了。"

"哦，确实有这个可能。"

"那你先记下来。"

"记什么？"

"记下自己会失忆这件事,不然过会儿忘了又得来一遍。"

"还真是。"

"另外,最好尽快找个人替你接电话。"

"找人替我?"

"总不能让一个记忆力有问题的人从事关乎人命的工作吧?"

"有道理,我都没想到这一点,"对方似乎很是惶恐,"但这通电话还是暂时先由我处理好了。"

"也不知道找症状相同的人帮忙算怎么回事,总之,麻烦你先安排一辆救护车过来吧,"梨乃报上姓名住址,"记好了吗?"

"都输入电脑了,没问题。这就为您安排救护车,请稍等片刻。"

梨乃放下电话一看,美咲正在抹眼泪。

梨乃一声不吭,给她看本子上写的字。

美咲翻来覆去看了好几遍,似乎很困惑。

过了一会儿,救护车的鸣笛声隐隐传来,最后停在了结城家门口。

开门一看,只见急救队员们歪着脑袋走下救护车。

"麻烦你们了,我就是刚才打电话的结城。"梨乃走向急救队员们说道。

"哦,结城小姐……"急救队员之一喃喃自语,显得很是纳闷。

"这趟车不是来我家的?"

急救队员盯着手中的文件。"单子上确实写着,是住在这个地址的结城小姐叫的车。"

"这是什么话?你怎么一副事不关己的样子啊?"

"不好意思……"急救队员茫然若失,忧心忡忡道,"我是睡糊涂了吗?"

_015

"你可能出现了和我们一样的症状。"梨乃说道。

"症状?"

"记忆断断续续的,是从昨天晚上开始的。"

"呃……"急救队员似乎在努力回忆着什么,"我不知道是从什么时候开始的……"

"是不是想不起来了?"

"应该是的。"

"你有带笔记本之类的东西吗?如果你自己注意到了这种症状,应该会记一笔的。口袋里有吗?"

急救队员在制服各处翻了一通。

"好像没有便笺笔记之类的东西。"

"那就立刻记下来。"

"记什么?"

"记下自己出现了记忆无法维持的症状。"

"为什么要特意记下来啊?"

"因为你记不住自己的症状。"

"哦,有道理。"

"别忘了一并记下日期和时间。"

"为什么啊?"

"这样至少可以确定,你在那之前就已经出现了这种症状。"

"这样会比较好吗?"

"你不觉得知道自己的记忆有多久的空白会更好吗?"

"确实。"急救队员找出一张纸,开始在上面记录。

"剩下的工作就交给别人吧。"梨乃说道。

"啊?"急救队员一脸诧异,"为什么啊?"

"谁敢把性命托付给一个记忆力有问题的人啊?"

"也是……但我觉得自己的判断力还是没问题的。"

"判断力难道不是建立在记忆基础上的吗?要是不记得病人的症状,不就不知道该如何应对了吗?"

"我会认真记录的。"

"你敢保证自己绝对不会漏记吗?你敢说当时觉得不要紧,没有记下来的某件事绝对不可能变得很重要吗?"

"那就全记下来。"

"怎么可能啊,你都不能把我们现在的对话全记下来好不好。"

"录下来就是了。"

"听录音和录音花的时间是一样多的,没法立即搜索到必要的信息,就没什么用处。"

"那我该怎么办呢?"

"找个正常人来接替你,带我们几个一起去医院。"

急救队员抚额沉思片刻,开口说道:"好,那就找个人来替我。找谁比较好?"

"你们一共来了几个人?"

"我跟他,还有一个负责开车的在车上。"

"除你以外的两个人现在正常吗?"

"这……不知道啊,我都没想过这个问题。"

"你的记忆力怎么样?"梨乃问第二个急救队员。

对方摇了摇头。"我也没把握。我之前就觉得不太对劲了,原来不是错觉啊。"

梨乃走向救护车。

第三个急救队员坐在驾驶座上,眼神空洞,不知道是不是心理作用。

梨乃敲了敲窗玻璃。

"哦，怎么了？"

"现在是什么情况？"梨乃姑且先问了这么一句。

"呃，该怎么说呢……"

"是不是有种脑子里很乱，不知道出了什么事的感觉？"

"对，就是这种感觉。"

"记忆模模糊糊的？"

"没错，我好像都不记得自己是怎么过来的了。"

形势有变。

由于记忆在不断消失，待在家里很危险，梨乃本想叫救护车送她们去医院，可要是连急救队员都出现了同样的症状，留在家里搞不好还更安全一些。

"不好意思，可以请你们先回去吗？"梨乃对急救队员们说道。

"啊？不是有需要送医的急病患者吗？"

"说我们是急病患者吧，倒也没错，但你们几位好像和我们也差不多。"

"……啊？"

"我们会自己想办法去医院的，请你们先回消防署吧，一路小心。"

让一个失忆的人开车是有点吓人，但眼下好像也只能这样了。

急救队员们带着困惑的神情上车离去。

怎么办？叫出租车去医院？

梨乃回家一看，只见美咲正在桌前嘤嘤啜泣。

"我是不是老糊涂了……"

"别哭了!"梨乃翻开本子,拍了拍写着字的那一页。

02

啊,我在捞墨鱼。

结城让二恍惚地想道。

转头望去,只见他的下属——控制员风见清次郎也在捞墨鱼。

"墨鱼。"结城喃喃道。

"可不是墨鱼嘛。"风见拿着墨鱼,用调侃的口吻回答。

"我们怎么在捞墨鱼呢?"

"当然是为了吃墨鱼啦。"风见仍是半开玩笑的语气。

结城看了看表。"哎,都快二十点了!"

"啥?!"风见似乎吃了一惊,"哎哟,还真是。看来是我们捞得太投入了,都没意识到休息时间已经结束了,主任。"

两人捞墨鱼的地方,是海水除杂装置的进水口附近。他们守在杂物槽边,一有墨鱼流进来便捞起来。

核电站需要大量的冷却水,多达每秒六十吨。被用作冷却水的自然是海水。但海水中其实含有各种漂浮物,所以在用作冷却水之前需要先除杂。

第一道防线是水母拦截网,防止水母等物体流入。之后再通过海水除杂装置去除其他漂浮物。装置内设有四层滤网,严格防止异物混入冷却水中。

漂浮物以水母、海藻等海洋生物为主。尤其是冬季,常有墨鱼、章鱼、螃蟹等钻进滤网，流入杂物槽。

核电站的工作人员很清楚这一点，所以有时会利用休息时间过来"打捞"海产。

如此捕获的海鲜当然不能拿出去卖。年轻人会把它们带回宿舍当早餐，或是带回家去，但直接在休息室做了吃掉的情况占大多数。休息室常备炊具和调料，可以做些简单的饭菜。

然而，"能捞到海鲜"也并非有百利而无一害。有时候，滤网会被大群的沙丁鱼苗堵塞。遇到这种情况时，就不能一吃了事了。

结城和风见跟往常一样，利用休息时间过来捞墨鱼，但"因为捞得太起劲忘记返回中央控制室"还是头一遭。

"捞得再投入，到点了不回去也不行啊，"结城喃喃道，"而且我们俩都没发现，这也太离谱了。"

"要不干脆说我们顺便检查了一下装置？"风见说道。

"喂，哪怕是开玩笑，这种话也不能乱说啊。我们的工作可容不得一点敷衍马虎。"

桶里装了不少墨鱼。

"捞太多了，要不要叫人帮我们提回去啊？"风见又满不在乎地说道。

"能拿多少就拿多少吧，剩下的放回海里算了。"

"当心浪费妖怪[1]找上门哟。"

"是放回海里，又不是白白弄死，不会有问题的。"

不过话说回来，这事是越想越不对劲了。

结城歪头沉思。

---

[1] 1982年宣传珍惜粮食的公益广告中出现的动画形象。——译者注（如无特殊说明，皆为译者注）

种种迹象表明，他跟风见确实是来这里捞墨鱼的，这一点毫无疑问。然而，他并不记得他们一起离开了中央控制室。也许只是他搞错了，可万一是记忆出现了缺失，那可就麻烦了。他昨天并没有过量饮酒，如果真是失忆，八成是他自己的身体出了问题。一时断片也就罢了，万一是脑梗死等疾病的前兆，那就很不妙了。

"风见，我今天有没有什么不对劲的地方？"结城姑且问了问风见。

"啊？这话从何说起啊？"

"我有没有晕晕乎乎的？口齿还清楚吗？"

"主任，您不会是上班前喝酒了吧？"

"怎么可能，我就是怀疑自己的身体是不是出了点问题。"

"您是有什么症状吗？"

"你要问我有没有症状，那没有症状也许就算是症状吧。"

"您到底在说什么啊？"

"简而言之，从客观角度看，我并没有什么不对劲的地方。"

"您要真是问我您有没有什么不对劲的地方，那我只能说，您现在确实有点怪怪的。"

"哪里怪了？"

"突然问我自己有没有什么不对劲的地方。"

"我就不该问你的。"

"不过……"风见沉吟道，"好像是不太对劲。"

"算了。"

"不，我说的不是您。我想不起来了。"

"想不起来？想不起来什么？"

"我记得我们今天是要来捞墨鱼的，但来之前……我们有没有叫上其他人啊？"

"你不记得了？"

"嗯。"

"其实我也不记得了。回过神来的时候，我已经在这儿捞墨鱼了。今天的事情你还记得多少？"

"刚开始值班的时候一切正常啊，也跟一班的人做了交接。"

"然后就进入了正常的运行业务，对吧？"

"对，这一段我还有印象。"

"那轮到你休息的时候呢？"

"呃……"风见皱起眉头，似在拼命回忆。

就在这时，站内手机响了。

"是中央控制室打来的。"结城说道。

"我们还真歇过头了啊？"风见忧心忡忡道，"该找什么借口呢？"

"还想找借口呢？当然得实话实说啊。"

"说我们两个一把年纪的成年人因为捞墨鱼太起劲，到点了都不记得回去？好难为情啊。"

结城没有理会风见，接听了电话。"喂？对，风见也在。非常抱歉，我们俩好像是捞墨鱼昏了头，太不像话了……啊？出什么事了？好的，知道了，我们这就回去。"

"怎么了？"风见焦急地问道。

"说是出了点问题，让我们立即回中央控制室。"

"不会是出事故了吧？"

"要真是出了事故，警报肯定早就响了。"

"那就是没到'事故'这个级别的小故障？"

"那也该在电话里告诉我具体是什么情况啊,可课长就让我们赶紧回去。"

"那就赶紧回去吧。"风见提起了桶。

"先搁这儿!"

两人匆匆赶往中央控制室。

被厚重的混凝土环绕的中央控制室笼罩在诡异的气氛之下。十余名值班人员几乎都在检查文件和屏幕。唯有一人在中央控制室内跑来跑去,大喊大叫。

"出什么事了?"结城询问值班课长立花正二。只见课长正呆立着观望中央控制室内的情况。

"不知道出了什么事。"立花魂不守舍道。

"什么意思?"结城反问。

"我是说,我想不起来出了什么事。"

"等等,您是说您失忆了?"

"对,我回过神来的时候,发现中央控制室里的人少了一半,你俩也不在,心里顿时一慌。一看表,才意识到你们是去休息了。可我压根不记得到点休息这回事。起初我还以为自己可能是打了个瞌睡。可没过多久,剩下的人也吵吵嚷嚷起来,好几个人说'有人突然不见了'。"

"说的是我们?"

立花点了点头。"当时我就意识到,不止我一个人打了瞌睡。我问在场的所有人:'你们记不记得已经到了该休息的时间?'结果令人震惊。"

"没人记得?"

"没错。我姑且把休息室里的人都叫了回来。他们和留在这里的人一样,都不记得自己是怎么开始休息的了。你们呢?"

结城和风见摇了摇头。

"毫无疑问,我们遭遇了某种异常情况。"立花说道。

先前大呼小叫的男性控制员走向他们三人,怒吼道:"主任,你有没有碰过我的控制台?!"

"没有啊,"结城摇了摇头,"我去捞墨鱼……去休息了,刚回来。"

"那就算了!"控制员的眼里布满血丝。

"冰川在闹什么啊?"

"他说有人动了他的控制台,想把那人给揪出来。"

"这是不是意味着,在我们失忆的时候,有人动过冰川的控制台?"

"十有八九。"

"等一下,让我先理理。失忆的不止一个人,所有人都有一段记忆空白的时间,对吧?"

"应该是的。"

"所有人碰巧在同一时间打瞌睡的概率非常低。大家是不是被某种气体或其他东西迷晕了?"

"你们是在哪儿睡着的?"

"我不记得自己睡着过……"结城支支吾吾道。

"我们捞墨鱼去了。"风见无忧无虑道。

"捞到现在?"

"我们没意识到休息时间已经结束了,"结城急忙补充道,"大概也是被气体迷晕了。"

"那你总还记得自己去了冷却水除杂装置的进水口吧?"

"不，那一段我也不记得了。有种前一秒还在中央控制室值班，后一秒却已经在捞墨鱼的感觉。"

"那你是在哪里吸到麻药的？在这里，还是在进水口附近？"

"是不是在这里吸到以后被人抬去了进水口啊？"风见说道。

"谁会干那种事啊，人家图什么啊？"结城很是无奈，"再说了，要真是那样，我们怎么会那么起劲地捞墨鱼，却没产生一点疑问呢？"

"那就意味着我们是下意识地提着桶去捞墨鱼了吧。"

"实在难以置信，但这也许就是事实。"结城支起胳膊。

"回头再研究原因也不迟。"立花打断了他们的讨论。

"可要是不查明原因，天知道会不会再出现类似的情况。"结城抗议道。

"我们是管核电站的，首要任务是确保反应堆的安全。"

"当然，这是当务之急。"

"眼下所有人都在检查各自负责的设备。你们分头去检查一下冷却系统和涡轮机吧。"

"冰川没在检查啊，"风见指出了一个问题，"我看他逮着谁就逼问谁，都好一会儿了。"

"看来工作期间被人乱动控制台这事把他气得不轻啊。"立花耸了耸肩。

"做好安全检查工作可比浪费时间揪出罪魁祸首重要多了。"

"我也是这么劝他的，可他不听啊，说什么'做事要分清轻重缓急'。"

"换作平时，我肯定要好好教育教育他，"结城说道，"但眼下最重要的是检查各项设备的运行情况，这才叫分清轻重缓急。"

结城和风见简单商量了一下分工，随即投入检查工作，对照自动记录的数据和手写的记录，再将检查过的项目逐一抄录在另一张表格上。

所有人都竭尽全力，谁知三十分钟过后，这项工作仍然看不到尽头。

"咦？"风见喊道，"怎么回事？"

"怎么了？发现什么问题了吗？"结城脸色大变。

"没什么，我就是抠了下鼻子。"

"这种鸡毛蒜皮的小事有什么好汇报的！"

"问题不在这儿……我就是觉得怪怪的。"

"你的鼻子吗？"

"不是鼻子，是手指。"

"手指有怪味？"

"对。准确地说，有股墨鱼味。"

"这是什么低俗的笑话吗？"

"我没开玩笑。"

"那你到底想说什么？"

"是这样的，我原本打算今天休息的时候跟您一起去捞墨鱼的。"

"哦，是有这么回事。"

"您去了吗？"

"啊？"结城想了想，"这么说起来，我好像没去啊。"

"真的吗？"

"嗯，我也没理由撒谎啊。"

"那您闻闻看自己的手指。"

"啊？"

"您先闻闻再说。"

结城半信半疑地闻了闻自己的手指。

"啊!"

"怎么样?"

"有墨鱼味。"

"果然有啊?"

"怎么回事?"

"我们十有八九已经去捞过墨鱼了。"

"什么时候去的?"

"应该是休息的时候。"

"大家听我说!"结城起身道,"有人记得我们今天去捞过墨鱼吗?"

在场的工作人员面面相觑,无人回答。

唯有冰川站了起来:"那不重要!是谁自说自话动了我的控制台?!"

"冰川,你先消停会儿,"立花略显不爽,"结城,你突然问这个干什么?"

"课长,我发现了一个大问题。我和风见的手指都有股腥味。"

"你们偷吃了生鱼片?"

"这很可能是因为我们去捞了墨鱼。"

"哦,冷却水进水口那儿的吧。"

"对。"

"那又怎样?利用休息时间去捞几只也没什么问题啊。"

"我们不记得今天去捞过墨鱼。不光我们俩不记得,大家也不记得了。"

"不记得?等等,这话是什么意思?"

"这意味着我们的记忆有缺失。"

"从什么时候开始的?"

"应该是开始休息前不久——十八点出头吧?"

"这怎么可能呢?这算是紧急情况吧?"

"怎么办?"

"我们是管核电站的,首要任务是确保反应堆的安全。必须先检查各自负责的设备的运行数据。"

"问题就在这儿。您看我们正在做什么。"

"这……"立花看了看结城等人的笔记,"你是说,我们正在查?"

"没错,我记得我们在查,却不知道为什么要查。"

"是不是因为发生了某种异常情况,所以才要检查反应堆是否安全?"

"这是最说得通的解释。问题是,您觉得是谁下的指示?"

"谁下的指示?"立花一脸茫然,"你吗?"

"不是我。至少我不记得自己下过这样的指示……谁在检查设备的运行数据?举手给我看看。"

除了冰川,所有人都举起了手。

冰川仍在质问同事。

"有没有人记得指示是谁下的?记得的人请举手。"

无人举手。

"怎么回事?难道大家碰巧都在同一时间检查起了数据?"

"这种可能性微乎其微。大家八成都是奉命行事。"

"那不就绕回来了,到底是谁下的命令?"

"应该是您。说不定是我,但不太可能。"

"你在说什么呢?我不记得自己下过这样的命令啊。"

"我也没印象,但确实有过这样的指示。"

"到底是怎么回事?"

"答案很简单。我们连'注意到记忆有缺失'这件事都忘了。"

"怎么会!"

"听起来似乎很荒唐,但要解释清楚目前的情况,这就是最自然的假设。"

"你是说,我们失忆了不止一次?"

"对。或者说,我们应该假设记忆正在不断消失。"

"不可能吧。"

"您凭什么这么断定?"

"我们不是还记得很多事吗?就算真失忆过,问题显然也已经解决了。"

"也许记忆只能维持很短的时间。您或我向所有人下达过指示,这意味着我们在那个时候都保留着记忆,不然就不可能发出指令。但没过多久,那段记忆就消失了。"

"你的意思是,现在的这段记忆也会很快消失?"

"这样假设是比较合理的。"

"有道理。那我们面前就出现了一个大问题——我们管着一座核电站。"

"没错,这是个相当大的问题。"

"我们需要立即制订对策,趁着还没失忆。"

"在那之前,我们得先做一件事……大家听我说!"结城向众人喊道,"我们可能遭遇了一种诡异的现象,记忆正在不断消失。换句话说,也许要不了多久,我就不记得自己说过这段话了。总之,请大家在手头的纸上记一笔,写明'中央控制室所有操作员在不断失忆',外加现在的时间。"

结城自己、立花与风见都做了记录。

"从现在开始，每次操作都要记下操作内容和时间。"结城补充道。

"结城主任、岬班长和山本操作长，你们过来一下。其他人继续手头的工作。"立花喊来几个领导。

"怎么办？大家有什么想法吗？"立花起了个头。

"我认为我们不该自作主张。"山本操作长说道。

"有道理。但如果我们确实在不断失忆的话，搞不好会在等候外部定夺的时候忘记'咨询过外部'这回事。"

"即便如此，我还是认为我们应该征求外部的意见。"

"好吧。那找谁呢？这种事没有先例可循，要请示总公司的高层吗？"

"公司高层可以稍后再请示。"

"那就得找中央供电指挥站了……喂？"立花拨通电话，报上核电站的名字，"我们这儿出了点问题。不，不是事故，就是出了点问题，想请示一下……啊？什么意思？……你们还没搞清楚状况？应该是人的问题，而不是系统的问题。记下我接下来说的——我们遭遇了一种导致人类不断失忆的现象。影响范围至少包括我们发电站和中央供电指挥站……知道了，我们会维持现状，等候进一步指示。"

"那边也一样？"结城问道。

"我们还算好的，他们都没意识到自己在不断失忆，还以为只是迷糊了一个多小时。再加上各地的发电站都在给他们打电话请示指示，搞得他们没了方向，只能让我们姑且先维持现状。"

"如果这种现象是发生在电力设施的，会不会跟电线有关啊？"

"回头再查原因也不迟。当务之急是按指示维持现状。"

"我们应该维持现状吗?"岬百合子班长说道。

"怎么说?"

"我们管着的可是一座核电站啊。"

"我知道,这个还记得。"

"让一群有记忆障碍的人管核电站合适吗?"

"那该怎么办?"

"立刻插入控制棒,停止反应堆。"

"中央供电指挥站的指示是……"

"谁能保证他们的指示就一定是正确的呢?"

"我认为,我们还是应该尽力维持现状。"结城如此说道。

"为什么?"

"因为维持反应堆的运行是常规工作,而紧急停止是非常规工作,更容易出现失误、故障等问题。在所有操作员都不正常的状态下,我们不能冒这样的险。"

"您的意思是,让反应堆继续运行才更安全?"

"对,"结城继续说道,"理由不止这一个。"

"还有什么理由?"

"出现异常的发电站不止这一座。搞不好所有的发电站都陷入了这种状态。如果有部分发电站关停,供电就会出问题。在依赖电力的现代社会,大停电本身就足以酿成大型灾害。"

"我们都没有记忆,怎么可能维持反应堆正常运行呢?"百合子不肯退让。

"那我反过来问你,在反应堆的运行过程中,有没有哪个环节是和操作员的记忆高度挂钩的?反应堆一直是自动运行的,保持着一个适当的状态。我们虽然是'操作员',但日常工作以监控厂房、检查设备为主,只有关停和重启的时候比较忙。就算没有记忆,只要留下准确的记录,反应堆应该就可以继续运行。"

"可要是情况一直都没有好转呢?总得关停吧?"

"到时候需要做好充分的准备,但我们眼下最需要做的是准确把握现状。"

"把握现状?"

"例如,我们需要知道自己的记忆能维持多长时间。如果时间极短,恐怕就很难完成'关停反应堆'这种复杂又费时的操作了。还得了解一下站外的情况,可以通过电视和网络做些功课。"

"如果这种现象的影响范围很大,电视和网络还能正常运转吗?"

"连核电站这么复杂的系统都在正常运转呢,我觉得世上的大多数系统应该都没停……风见,麻烦你跑一趟休息室看看新闻节目,顺便上网查查。"

"好。"风见拿着笔记本走出中央控制室。

其他人也回到各自的岗位,继续手头的工作,除了忙着诘问同事的冰川。

立花起身道:"根据这份备忘录可知,我们在半小时前开会商讨了对策。先说好,我不记得自己开过那种会。记得的人请举手。"

无人举手。

"知道每个人的记忆都出问题了吧?不知道的人举手。"

冰川控制员战战兢兢地举起手来。

"你没记下来?"

"记什么?"

"'所有人都无法维持记忆'这件事。"

"什么时候开始的?"冰川似乎相当困惑。

"应该是今天十八点以后。现在已经是二十一点了。"

"啊?!"冰川看了看表,随即露出一副下一秒就要哭出来的神情,"我还以为现在还不到十九点呢!对了,是谁自说自话动了我的控制台啊?!"

"抱歉,冰川控制员,没时间跟你解释了。大家的记忆在不断流逝,在我们说话的时候也不会停。我需要尽快确认好行事方针。五代主机员,不好意思,能麻烦你照顾一下冰川吗?"

"知道了。"五代将冰川带去中央控制室的角落,结合笔记本给他解释起来。

"下一步是确认记忆的持续时间,"立花继续说道,"大家可以对照各自的操作记录,根据自己记忆中最早的那项操作估算出来。算好了挨个报给我。顺便一提,我的记忆好像只能维持十分钟左右。"

众人汇报了记忆的持续时间。短则七分钟,长则十五分钟。

"不妙啊……"立花的脸色骤变。

核电站的设计建立在"十分钟原则"上。从警报响起到操作人员采取应对措施,至少有十分钟的缓冲时间。操作人员必须在这十分钟内明确对策。而记忆持续时间低于十分钟的人,会在商讨对策的过程中失去记忆。

"有没有可能在警报响起后的七分钟内制订出对策?"

"这……得看具体情况。"结城如此回答。

"如果情况一直都不好转,我们恐怕得严肃考虑要不要关停了。"立花说道。

房门开启,风见回来了。"确认过电视和网上的情况了。"

所有人都一脸莫名其妙地看着他。

"呃……你们还记得我吗？"

"记得是记得，可你上哪儿去了？"结城问道。

"有人派我通过电视和网络调查外面的情况。"说着，风见掏出一份备忘录给他们看。

"谁派你去的？"

"备忘录里没写，我也不知道。不是课长就是主任呗？"

立花和结城面面相觑，耸了耸肩。

"哎呀，烦死了，这又不重要！"风见很是烦躁地说道。

"抱歉，下达指示的人也该记一笔的。肯定是因为我们没有这方面的习惯，所以都没想到这一点。"结城向他道歉，"外面是什么情况？"

"网上都乱套了。大伙都在自顾自发帖子、传视频，别提有多混乱了。其中肯定也有一些可靠的信息，但我辨别不了。反正好像有很多人意识到自己失忆了。就内容而言，求助类的最多，其次是写给自己的备忘录。我是不太理解为什么要在博客等社交网站上做记录……"

"不，这倒是个相当聪明的法子。纸质备忘录有丢失的风险，但写在博客等社交网站上的丢不了。就算忘了，再次看到的概率也比较高。"结城说道。

"然后就是给家人或熟人的留言。"

"电视呢？"

"电视的情况稍微好一点。有的电视台一直在播放主播晕头转向的画面，有的则照常播放电视剧之类的节目，还有一家电视台在向观众呼吁'当前发生了紧急情况，请尽量不要外出，锁好门窗，小心火烛'。"

"这应该是最恰当的建议了。"

"是哪个台啊？"

"呃……我没记。"

"电视台就没有对眼下的情况做些分析吗？"

"呃……"凤见翻了翻他的笔记，"好像没有，放出来的基本都是街头一团乱的画面。"

"没有发生暴乱之类的事情？"

"这个嘛……恐慌是有点，但没到暴乱的地步。感觉大家都不知所措，走来走去，还有瘫坐在地的。看来人失去记忆的时候，第一反应是沮丧，而不是大吵大闹。"

"好，眼下我们应该也只能打探到这些了，"结城开口说道，"谁有意见？"

百合子举手问道："再过两个小时左右，三班就该来了，您说我们能顺利完成交接吗？"

"不好说。如果我是他们……感觉连'凑齐三班的所有人'都成了一桩难事啊。"

"也就是说，我们必须继续在这里值守。"

"站里有够吃一星期的食物储备，暂时没什么问题，但纸最好省着点用。大家还是尽量把备忘录写在电脑的记事本文件里吧。"

"没有记忆，要怎么搜索呢？"

"那就把文件名和简要的内容记在纸质备忘录上。呃……有人在记录我们现在的对话吗？"

"光一个人记恐怕不够，还是每个人都记一下比较保险吧？"百合子提议。

"确实，有道理。"

所有人都做了记录。

_035

就在这时，警报声响起。

中央控制室内一阵骚动。

"呃……"结城故意用不慌不忙的语气说道，"大家先深呼吸一下，别慌，然后记下警报的类型和时间，再思考对策。只要有设计原则兜底，我们就有足够的时间应对。"

03

嗯？我在起居室睡着了？

梨乃醒来一看，发现自己似乎趴在起居室的桌上睡着了。

怎么回事？我很确定自己回房间开电脑了啊。难道是后来又下楼了，然后在这儿睡着了？

现在几点了？啊，已经是早上八点半了。

电视机一直没关。

画面一分为二，一边是演播室，另一边则是街头巷尾的实景。

演播室中的女主播擦着额头上的汗，念着稿子：

"目前全国各地似乎都出现了异常情况。请观众朋友们避免不必要、不紧急的外出。留在家中，不上班或上学更安全。请锁好门窗，小心火烛。"

什么？出什么事了？打仗了？还是又发生大地震大海啸了？

街上有不少人，但大多呆立在原地，四处张望。其余的不是在摆弄手机，就是在打电话。记者也没在采访路人，不过是把街景发回演播室罢了。

好像也没发生什么特别的紧急情况。然而,整座城市的状态显然不同于往常。

梨乃拉开窗帘,望向屋外。

几个邻居面带忧色地站在外面讨论着什么,却没有要去别处的意思。美咲也在其中。

我也出去打听打听吧。

出门前,梨乃查看了起居室内的情况。

这时,她才注意到桌上的笔记本。

这本子是干什么的来着?

本子摊在桌上。

不知道为什么,记忆是断断续续的。

啊?什么意思?

梨乃继续往下看。

电视台的主播也不太对劲。出现失忆现象的范围好像很广。

这是我的笔迹。可我不记得自己写过这些话啊。

梨乃翻了翻这本笔记本。里面写有大量零散的笔记,并附上了时间。每个字都分明是她自己的笔迹。如果本子上写的都是真的,那就意味着她一直熬到了黎明之前,可她竟全无印象。

梨乃深吸一口气。

"在紧急情况下做出合理的决策,对拯救生命至关重要。"——父亲平时总把这句话挂在嘴边。

什么样的合理假设，才能解释这本笔记本的存在？

先假设本子里写的东西是错的。那就意味着所谓失忆现象并没有发生过。可要真是如此，就会出现一个矛盾：本子上分明留有梨乃的笔迹，梨乃却全然不记得有这样一本本子存在。

所以结论是，本子上写的就是真相。

"妈妈，你快看这个!!"梨乃冲向屋外，想向美咲解释她刚刚参透的事实。

梨乃将美咲带回家中，在桌上摊开两本笔记本。"这是你专用的本子。"

"要这本子干什么啊？"

"弥补记忆。"

"你是说我老糊涂了？"

"赶紧先写上：'记忆会不断消失，务必将必要的信息记录在这本笔记本上。'"梨乃敦促美咲道。

"用不着吧？"

"用得着，非写不可，因为你会忘光的。"

"要紧的事情我会记住的，放心吧。"

"要是能记住，就不会闹成现在这样了。"

"除了你，还有谁在闹啊？"

"电视上都闹翻天了。"

"你这孩子又小题大做了……"

"你自己看看，"梨乃将毫无危机感的美咲拽到电视机跟前，"看见没？都乱成什么样子了！"

"有吗？那些人只是在闲逛吧。"

"一大清早的，这么多人在街上手足无措，这就够反常的了！！"

"地震的时候在街上乱走的人可多了。"

"当时大家都知道是发生了地震，可这次是遇到了某种莫名其妙的反常情况！"

"那就老老实实等消息嘛。"

梨乃不禁咂嘴，在美咲专用的本子上写道：

结城美咲有记忆障碍，即使记住了新的东西，也会在几分钟内忘记。但人没糊涂。梨乃和其他人也一样。无论想到什么，都先写在本子上。

为防万一，梨乃又在笔记本的封面上写道：

重要！这本笔记本的重要性仅次于生命！不骗你！

梨乃将本子摆在美咲面前，回到了自己的房间。

美咲显然是靠不住的。当务之急是明确"现在能做什么"和"应该趁现在做什么"。

根据笔记本上的记录，记忆只能持续十几分钟（梨乃本想做试验核实一下，可一旦开始核实，怕是就没完没了了，所以还是姑且相信记录好了），因此每项工作的耗时不能超过这个时间。更费时的工作需要想办法简化或拆分，循序渐进。这就意味着，哪怕是看起来非常简单的一件事，也必须先写好算法，再据此采取行动。

那么，眼下最要紧的是什么？

是家人的安全。当然，人类的存续也很重要。对这两项目标而言,"把握现状"同等重要。"能否依靠只能持续十几分钟的记忆把握现状"确实是个问题,但理论上应该是可行的。

梨乃不久前在某本书上看到,计算机科学领域有一个概念叫"图灵机"。图灵机由"一条无限长的磁带"、"一个读写信息的磁头"和"一个记录内部状态的存储器"组成。只要凑齐这几项元素,理论上这台机器就能和任何一台计算机一样运作。

虽说现实生活中并没有"无限长的磁带",但只要有足够多的笔记本即可。"读写信息的磁头"就是梨乃自己的眼睛和手。"记录内部状态的存储器"则是梨乃的头脑。尽管这个"存储器"只能坚持十几分钟,但只做简单的读写还是不成问题的。

不过,"人类图灵机"的实现需要非凡的精神力和高水平的逻辑思维能力。

我有这个本事吗?

别打退堂鼓!还没试过就放弃可怎么行。总得有人去做。而且只有一两个人做也没有意义。需要尽可能多的人齐心协力。现在放弃,也许就会万劫不复。

梨乃在社交网站上写下这样一段话:

全人类可能都出现了记忆障碍。所有人的记忆都只能维持十几分钟。你的记忆也会消失。原因不明。

为了活下去,为了人类的未来,请做好下列几点:

·准备好用于记录的纸笔,抄写这个帖子的内容。

·然后将重要事项写在后面。如果你不知道什么是重要的,想到什么写什么也行。

·请务必在每段记录后写明日期和时间。

·请尽可能让更多的人了解上述情况。

眼下能做的也就这些了。想到了别的再补充好了。妈妈是指望不上了。爸爸那边怎么样了？我是觉得他肯定可以渡过难关的……

梨乃本想打爸爸的手机，但转念一想，还是作罢了。

爸爸肯定忙得够呛，不该在这个时候打电话烦他。而且家里没停电。这说明爸爸他们公司的人应对得很好。所以爸爸肯定也没事。

梨乃如此暗示自己。

"梨乃！你快来啊！！"美咲喊道。

"怎么了，妈妈？"梨乃回到了起居室。

"这是你写的？"

梨乃点了点头。

"到底是怎么回事啊？"

"不是都写了吗？"

"我老糊涂了？"美咲几乎要哭出来了。

"没有啊，本子上不是写了吗？你没糊涂啊。"

"你是在跟妈妈闹着玩吗？"

"你也知道这不是闹着玩的吧？你还记得昨天发生的事吗？还记得今天是怎么醒来的吗？"

"……不记得了。"

"这下清楚了吧？本子上写的都是真的。"

"不对，不可能啊！我肯定是老糊涂了……"美咲哭丧着脸。

"……妈妈，两只手伸出来。"

"干吗啊？"

梨乃用记号笔在美咲掌心写道：

你没糊涂！别哭！

"这样还不行的话，我也懒得再跟你解释了。"

"为什么啊？"

"因为这是在白白浪费时间。你现在理解不了，下次失忆的时候肯定也搞不明白。每十分钟都要跟你解释一遍，有多少时间都不够用。眼下是关乎生死存亡的紧要关头，我可没工夫陪你耗。"

"呃……好，我懂了。"

"真懂了吗？"

"当然没懂啊，可我要是不接受，就没法谈下去了不是吗？扯来扯去的，我都烦了。"

梨乃竟有些感动。

还好妈妈是个怕麻烦的性子。

"你还真是随你爸，什么时候都非常沉着冷静啊……"美咲似有些感慨。

她望向窗外，只见邻居们正凑在一起讨论着什么。

"她们明不明白眼下是什么情况啊？"

"等一下，我翻翻笔记……"

"用不着，直接问就是了。"美咲走了出去。

梨乃急忙跟上。

"早。"美咲说道。

"早。"邻家阿姨们回答。

"呃，我女儿说……"

阿姨们满脸疑惑地看着美咲。

"呃……"美咲不知道该说什么了。

"孩子说什么了？"

"她说记忆出了点问题。"

"哎哟，是吗？是不是学习压力太大了呀？"

"你们的记忆还好吗？"

"记忆？"

"起床到现在的事情都还记得吗？"

"记得啊，今天起床以后……咦，我起床以后干什么了？想不起来了。"

"大家别慌，听我说！"美咲展示着自己的手掌说道，"我们都糊涂了！"

"才不是呢！"梨乃喊道。

04

怎么办？简直一头雾水。

土地田忠坐在电脑前，呆若木鸡。

回过神来的时候，我已经坐在这里了。刚刚明明还在看电视的。而且一看日期，已经是第二天的白天了。究竟发生了什么事？直到片刻前，我应该还想干点什么的。可我想不起来自己要干什么了。在家里蹲久了，就会变成这样？我算是彻底废了？

电脑屏幕上显示着某社交网站的页面。放眼望去，尽是零碎的帖子，莫名其妙。不是在求助，就是在问出了什么事。

看来大家都遇上麻烦了。

忠叹了口气。

我显然也是。因为我完全不知道自己遭遇了什么。要不我也发个帖子问问？只要我发了，就一定会有人回答的。互联网不就是用来干这个的吗？

在输入问题之前，忠查看了自己发布的上一个帖子。

有人能给我解释解释吗？我发现自己没有昨天到现在的记忆，究竟出什么事了？

忠惊愕不已。因为他正准备输入的问题已经发到了网站上。怎么回事？难道这网站可以接收来自未来的帖子？

他再次浏览好友们的帖子。有人连发了好几个内容几乎相同的帖子。这使大家倍感困惑，拼命发帖求助。

完蛋了。肯定是地震了。我肯定是在地震的时候撞到了头，或者出了什么事！

忠离开电脑跟前，走向电话。

得打电话求救。

穿过走廊时，他注意到了茫然看着电视的家人。

不知为何，他没有产生"找家人求助"的想法。

找了也是白费力气。

他是如此确信，仿佛已经历过无数次同样的失败。

他反复尝试拨打一一〇和一一九，却都没接通。

线路似乎很忙。

忠垂头丧气地回到电脑跟前。

还是问问别人吧。

这个念头刚冒出来,他便注意到了一个与众不同的帖子。

全人类可能都出现了记忆障碍。所有人的记忆都只能维持十几分钟。你的记忆也会消失。原因不明。

为了活下去,为了人类的未来,请做好下列几点……

忠点了点头。

这不是针对问题的回答,更不是对他的救助。但他知道自己该干什么了。

忠写起了备忘录。

05

"好像是一级冷却水的'增压器溢流阀'开了。"结城检查了警报器。

"冷却水的压力上升了?二级冷却水供应情况如何?"立花问道。

"一级冷却水和二级冷却水的温度、压力均在正常范围内。"

一级冷却水是直接冷却反应堆的冷却水,被封在反应堆安全壳内。二级冷却水在一级冷却水散发的热量的作用下化作蒸汽,推动涡轮机后,被引自核电站外的海水冷却,变回液体。顺便一提,一级冷却水和二级冷却水不会相互混合,只在热交换设备中换热。

"增压器溢流阀"则是一种安全阀,可以在一级冷却水压力过高时自动将水排入另一个水箱，以免损伤冷却系统。

"那会不会是控制信号的噪声导致的？"

"可能性很高。怎么办？"

"还能怎么办？照理说把安全阀关上应该就行了。"

"确实，但眼下还是谨慎些为好。"

"你在纠结什么？"

"万一这个判断是错的，会发生什么？"

"不好说。再说了，我们都还不知道自己搞错了什么呢。"

"也是。不过就算我们搞错了，应该也不会弄出事故。因为就算异常情况进一步恶化，对应的其他警报也会响的。我们可以根据响起的警报的类型和各种仪器的读数进行综合研判，推测出故障的真正原因。"

"没错。我们每一个人都接受过这方面的训练。"

"问题是，我们真的能在没有记忆的状态下走完这个流程吗？我的意思是，在我们关闭安全阀的半小时、一小时后，要是有别的警报响了，我们也不记得安全阀之前自动打开过了。"

"备忘录不就是在这个时候派用场的吗？"

"对，可要是情况变得更加复杂了呢？要是事态没能在数小时内好转，我们不就很难在阅读备忘录把握现状的同时制订有效的对策了吗？"

"你的结论是，我们应该立刻关停反应堆？可备忘录里写着，岬之前建议关停，但你不同意啊。"

"不，我不是这个意思。紧急关停反应堆是非常规工作，操作起来怕是更加棘手。"

"确实，你之前好像也是这么说的，"立花翻着备忘录，"那你想怎么办?"

"我是觉得,我们的每一步操作都要慎之又慎。一个平时很容易纠正的错误,在眼下这个状态下也可能导致无法挽回的后果。在执行任何一项操作时,我们都要高度注意,尽可能排除失误。"

"可警报还响着呢,总不能撂着不管吧?"

"这就是十分钟原则存在的意义。从原则上讲,我们只要在十分钟内做出决定就行了。"

"报告!"风见举手说道,"我有个问题。"

"什么问题?"结城回应道。

"半个团队的人的记忆连十分钟都撑不到,这该怎么办呢?"

"平衡点确实难找,"结城说道,"但反过来说,就是'半个团队的人的记忆可以维持十分钟左右'。我坚信,讨论到最后一刻才是最明智的。"

"哦,结城说得在理。问题是,继续讨论无法阻止'十分钟原则'和'丧失记忆'这两个时限的逼近。我还是想尽快得出结论。结城,你没意见吧?"

"当然没有,是我越俎代庖了。"

"不,我也觉得宁可多花点时间,也要多方探讨,但讨论到最后一刻可不行。毕竟我们还需要留出时间做记录,所以把讨论限制在七分钟内吧。"

"七分钟?"

"太短了?"

"嗯,但也只能这样了。"

"那就赶紧推进吧。警报已经响了五分钟,这意味着我们只剩两分钟了。当前的问题是'一级冷却水的安全阀开了',我认为对

_047

策不外乎两种：要么关闭安全阀，要么让它继续开着。如果有人想到了其他对策，请举手发言。"

"课长！"山田举手道，"让安全阀保持开启状态，同时关闭警报呢？"

"这么做的理由是？"

"让安全阀继续开着，是为了观察情况的变化，锁定问题的原因。关闭警报则是因为太吵了。"

"驳回，"立花苦笑道，"再吵也不能关，万一我们过会儿忘了警报响过这回事呢？再说了，要是一直让安全阀开着，反应堆迟早会因为增压器压力过低自动关停的。还有别的意见吗？"

无人发言。

"好。赞成关闭安全阀的人请举手。"

约莫一半的人举起了手。

"赞成保持现状的呢？"

无人举手。

"剩下的人是什么态度？"

"大概都跟我一样，拿不定主意。"结城说道。

"我懂，但我们没时间了，"立花看了看表，"好了，时间到。我拍板，关闭安全阀。"

操作员关闭安全阀，警报戛然而止。

"很好，可别再出岔子了。"

警报响起。

"先别慌，"结城说道，"确认警报内容。"

"是一级冷却水的增压器，水位过高。"冰川回答道。

多种警报同时响起。

"同时响了好几个跟一级冷却水挂钩的警报,"百合子说道,"增压器溢流槽的水位、温度……"

"这么多警报一起响,逐一对症下药恐怕是无法解决问题的,"结城说道,"我们必须想一想,什么原因会导致所有警报在同一时间响起。"

"根据备忘录,我们刚才好像关闭了安全阀,"立花说道,"同一天发生两起不相关的故障的概率很低。两者之间肯定存在某种联系。"

"是不是不该关阀门啊?"风见说道。

"现在下定论为时过早,"结城翻看备忘录,"我们还有十分钟……不对,七分钟。"

"如果关闭安全阀引发了故障,那到底是什么原因呢?"立花说道。

"如果我们在本应打开阀门的情况下关闭了阀门,会发生什么呢?"结城喃喃道。

"要是一级冷却水过量了,增压器水位上升倒是合情合理,"山本说道,"肯定是一级冷却水太多了。"

"应对这种情况的措施就是再次打开安全阀,"立花说道,"赞成打开安全阀的人请举手。"

大约三分之一的人举起了手。

"反对的人呢?"唯有结城举手。

"其他人又没主意了?真要命……"立花挠了挠头,"赞成重新打开安全阀的人比较多,但也没过半。赞成派的理由是很明确的——某种原因造成了冷却水过量,进而导致了增压器水位的上升。

_049

结城，说说你为什么反对。"

"根据我的记录，安全阀打开的时候，并没有其他警报响起。"

"我的记录也一样，所以呢？"

"那就意味着当时增压器的水位并无异常。"

"谁来查一下！"立花一声令下。

几名操作员查起了数据。

"查到了，安全阀打开的时候，增压器的水位是正常的。安全阀关闭后水位才开始逐渐上升。"百合子如此汇报。

结城说道："这说明安全阀打开的时候，冷却水并没有过量。"

百合子反驳道："可现在过量了，打开安全阀不是最合理的措施吗？"

"'安全阀打开'和'冷却水过量'，我很在意两者之间的关系。一方是另一方的原因？还是说，有另一个共同的原因导致了这两种现象？打开安全阀不过是头痛医头脚痛医脚。不查明原因，铲除病根，等待着我们的搞不好是更多的故障。"

"眼下我们也只能先对症下药，静观其变了，不是吗？没时间犹豫了！"百合子略略加强语气，"只剩三分钟了。"

这话没错。继续犹豫不决，极有可能陷入无法挽回的局面。可结城就是觉得哪里不对。

"怎么样，结城？"立花敦促他做出决定。

"好吧，打开安全阀看看。"

"增压器水位持续上升。"风见汇报道。

"怎么搞的？到底出什么事了？冷却水是从哪儿来的？"素来冷静的立花一反常态，烦躁不已地说道。

"只能关掉加注泵了。"风见平静地说道。

警报的数量不断增加。

真正的原因是什么？是什么推高了增压器的水位？

结城翻看自己的备忘录。

该死！什么都不记得了。第一个警报响起时发生了什么？

换作平时，他定能用所有感官捕捉每分每秒的气氛，嗅出不寻常的蛛丝马迹。然而，那都是极其微妙的直觉，无法记录下来。此刻的他已是一无所依。

"赞成关闭加注泵的人举手。"立花说道。

"等等，还没到表决的时候！"结城说道。

"可从第一个警报响起到现在已经过去三十分钟了，早就超过了原则规定的十分钟！也就是说，根据核电站的设计，灾难性的崩溃随时都可能发生！什么时候出事都不奇怪！一秒钟都浪费不起啊！！"立花神情焦灼。

"话是这么说，可……"结城咬着嘴唇。

这种感觉……该怎么说才能服众呢？

"赞成的人举手。"

除了结城和冰川，其他人都举起了手。

"反对的理由是？"

"继续对症下药，也许就没完没了了，"结城说道，"应该先查明原因。"

"都说了没时间了！没工夫查原因了！！"立花狠狠瞪了结城一眼。

没错，立花说的每一个字都无法反驳。可如果这个判断是错误的呢？此时的一次错误操作，会不会立刻导致灾难性的崩溃？

"冰川,你怎么看?"立花征求其他人的意见。

"好像有人动过我的控制台……"冰川正以骇人的速度操作面前的控制台。

"呃……你清楚眼下是什么情况吗?!"立花问道。

"我也想搞清楚啊,可有人乱动了我的控制台……"

"你先看下笔记行不行啊?!"

"不行,我没这闲工夫。"冰川确实是一副手忙脚乱的样子。

见状,结城心灰意冷。

本以为冰川能帮他一把。

"别管他了。他已经失去了冷静判断的能力,"立花冷酷无情地说道,"除了结城主任,还有人有意见吗?"

无人发言。

"课长,您听我说——我反对在没有就反应堆异常的原因提出假设的前提下继续对症下药。如果……"

然而,立花抬手打断了结城的发言,然后闭上眼睛,深吸一口气。"出事我负责。关闭加注泵!"

"怪了,增压器的水位还是降不下来,"立花说道,"再这么下去,自动关停系统就要启动了!"

在震耳欲聋的警报声中,结城一遍遍翻看笔记。不对劲。肯定不单单是安全阀的问题。无论如何,都要从记录中找出原因。可恶!警报声此起彼伏,吵得他无法思考。

"要不干脆在自动关停前紧急关停?"立花如此提议。

"我同意,"百合子说道,"虽说会有一些风险,但总比继续运行一座故障不断的反应堆要好吧。"

不，不对。

"等一下，"结城觉得头晕目眩，"我总觉得哪里不对。"

只觉得脑海深处有一团迷雾涌动不止，他却不知该如何是好。

那是什么？我注意到了什么？——也许他的潜意识已经察觉到了问题所在，奈何没有足够的时间将想法转化成语言。不等他说出口，直觉便已消失不见。

"哪里不对？"

"我说不清楚。"

"不能把核电站的命运寄托在这么模棱两可的理由上。"

"可……"

"死心吧。时限早就过了！我们输了！"立花就此认输，"投票表决吧。赞成关停反应堆的人举手！"

除了结城和冰川，所有人都举起了手。

"反对的人呢？"

不行，我说不清反对的理由。

冰川举起了手。

"说说你反对的理由？"立花问道。

"有人乱动了我的控制台。"

"又来了……"立花万般无奈道，"你先从位子上下来，找个人告诉你眼下是什么情况，然后再说……"

"所幸那人帮我完成了一半工作，"冰川继续说道，"如果保持现状不变，就算进入关停程序，结局也是堆芯熔毁。"

"啊？"

中央控制室一片哗然。

"这话是什么意思？"

"不知道为什么,我不记得过去几个小时发生了什么,但反应堆的各项参数都记录在了电脑里,是可以进行分析的。好像有人自说自话动过我的控制台,按时间顺序计算出了参数之间的相关性,也不知是为了什么。"警报喧嚣,冰川的语气却慢条斯理。

"先说结论,留给我们的时间没有你想象中那么多。"

"一级冷却水的安全阀似乎在大约一小时前打开过,但其他参数没有任何异常,所以那很有可能是控制信号的噪声导致的。问题是在那之后,随着时间的推移,各项参数都出现了异常值。最先触发警报的是增压器水位上升,以及增压器溢流槽的水位、温度和压力上升。这不是自相矛盾嘛。"

确实,"增压器水位"指的是一级冷却系统内剩余的水量,"增压器溢流槽水位"则与通过安全阀排出的蒸汽量挂钩。在安全阀关闭后,两者是不可能同时上升的。尤其不可思议的是,安全阀明明都关了,溢流槽中的水位本不该进一步上升。

"你的意思是,因为系统达到了极限,所以警报出现了混乱?"

"不。数值间的相关性表明,测量是在准确进行的,只有一项数值例外——只有那一项没有呈现出正确的相关性。"冰川指着某项数值说道。

"增压器水位?"结城喃喃道。

冰川点头道:"对,再不采取措施,堆芯就要熔毁了。"

"怎么说?"立花问道。

"稍等。"结城盯着屏幕。

排除"增压器水位"的数值,用其余参数进行推理。一个假设呼之欲出,没有牵出任何矛盾。

"原来是这样!"

都怪我太拘泥于笔记了。我试图通过笔记得出结论，坚信笔记可以补足记忆。但这是个彻头彻尾的错误。要认清现状，最可靠且快速的方法就是像冰川那样使用计算机记录下来的数据进行分析，而不是立足于自己的记忆。冰川连"自己有记忆障碍"这事都忘了，反倒因此找到了正确的方法。

"我知道了，"结城说道，"一连串的警报果然是从打开安全阀开始的，这一点已经毫无疑问了。安全阀打开的原因可能是控制信号的噪声。"

"可要是真是那样，关闭安全阀不就能解决问题了吗？"立花问道。

"没错，事态本该就此平息——如果安全阀真的关上了的话。"

"没关吗？可笔记里写着……"

"不用看笔记，电脑记录中确实留有'输入关闭安全阀指令'的记录，但阀门实际上并没有关闭。我也不知道为什么，可能是卡住了。"

"你怎么知道阀门还开着？"

"从安全阀漏出的蒸汽流入了增压器溢流槽。而且数值显示，自从安全阀打开后，溢流槽的水位是在持续上升的。换句话说，安全阀并没有关闭。"

"那冷却器中的水不该迅速减少吗？增压器水位怎么会反过来升高呢？"

"没错，增压器水位的读数正在上升。我们误以为那就是真正的水位，所以没能认清情况。"

"什么意思？你是说，实际水量并没有增加？"

"当冷却器中的冷却水减少时，会发生什么？"

"……我明白了。压力下降，温度上升，所以冷却水会沸腾。"

"对。往小锅里装半锅水，一旦煮沸，就会溢出来。冷却系统也发生了同样的现象，蒸汽的气泡推高了水位计，让我们产生了错觉，误以为冷却水变多了。"

"那……冷却器现在……"

"数十吨冷却水从安全阀溢出，冷却器几乎陷入了干烧的状态。再这么下去，堆芯将裸露在外，直至熔毁。"

一时间，中央控制室内鸦雀无声。

立花深吸了几口气。"你的推测应该没错……反对的人举手！"

无人举手。

"好。至于具体对策，我们必须先关闭阀门。关闭上游的电动阀怎么样？"立花如此提议。

"应该可以。"

"然后要重启加注泵。如此一来，就能自动补充损失的冷却水，避免干烧。"

"同意。"

"有谁反对吗？"

当然没人举手。

"很好，立刻执行。一定要赶上啊……"立花仿佛在祈祷一般。

若不能及时挽回局面，便万劫不复。他们要如何疏散一批没有记忆的居民呢？

结城别无选择，只得祈祷。

"警报解除了，"结城向立花汇报道，"一级冷却水恢复正常，反应堆冷却良好。输出功率也逐渐恢复稳定了，没有出现其他故障。"

"呀吼！"凤见欢呼起来，"主任，咱们得喝两杯庆祝一下！我去捞点墨鱼当下酒菜。"

"哪儿来的酒啊？"结城很是无语。

"不用真喝嘛，有果汁就够了。反正都失忆了，跟喝断片也没啥区别。"

"你这人也太不正经了。"结城苦笑道。

中央控制室已是一派欢腾的景象。立花环视四周，松了一口气。"其实从头到尾就出了两个小问题：一是安全阀因噪声意外开启；二是安全阀被卡住了，无法关闭。我们却乱了阵脚，险些酿成大祸。"

"从结果看，确实是这样没错。如果我们什么都不做，反应堆就会在堆芯紧急冷却系统的作用下，以冷却状态安全地自动关停。"

"这难道不是我们遭遇的记忆障碍造成的吗？那就意味着今后也会反复发生类似的问题。这难道不是我们能力的局限性使然吗？"

"如果您问我，这次的问题是不是记忆障碍造成的，我只能回答：既'是'，也'不是'。我们最大的失误，其实是过度拘泥于笔记。"

"怎么说？"

"我自己的本子上写着：'笔记本上写的不过是备忘录而已。务必根据存储在电脑中的数据了解反应堆的现状。造成大量冷却水从安全阀溢出的原因是过分相信自己的笔记，视其为解决问题的最佳途径。'如果我们一开始就通过电脑分析数据，问题肯定早就解决了。"

"所以我们是搞错了方法？"

"只怪我们净盯着'记忆障碍'这一点，反复暗示自己：为了弥补记忆，就得在笔记本上做记录，无论做什么事，都得参照笔记，根据笔记采取行动。在日常生活中，这么做确实不会错，可发电站这样的大型系统在设计上本就不需要依赖人的记忆。所以我们从一开始就不该拘泥于模糊不清的笔记。"

"也就是说，我们只要跟往常一样，根据系统记录的数据进行管理，就不会出问题了？"

"我得出的结论就是如此，但这也不是我一个人说了算的……"

"仔细想想，这年头的大型系统应该都是这样设计的，无论是发电站、飞机还是通信系统。不信任这套方法，就意味着失去我们的文明。"

"对，所以我们必须做出抉择——是相信人类的技术，迈步向前，还是放弃我们的文明？"

"有人能做出这样的抉择吗？"

"我觉得个人的抉择可能是没有意义的。毕竟事到如今，个人能做到的事情已经相当有限了。个体属性的人本就是一种非常弱小的生物。正是这份弱小逼着我们绞尽脑汁，一路活到了今天。而这次的现象——也不知是天灾还是人祸——将进一步限制个人的力量。不过万幸的是，人类已经将部分智慧成功转移到了自身之外。"

"你是说电脑？"

"当然，但不仅限于电脑。手写的文字也是智慧不可或缺的元素。"

一切都始于古代文明，始于古人在泥版上刻画象形文字。知识原本只能在家庭成员或数十人的小圈子里分享，但文字的出现，让"跨越时间和空间分享知识"成为可能。多亏了记录技术和通信技术的进步，如今一条信息可以瞬间传遍全世界，几十年前的信息也可以即时搜索到。信息的分享又岂是特例。信息工学的飞速发展，意味着人们可以将计算数值这样的机械作业全部交给电脑完成。换句话说,原来由人脑执行的大部分脑力作业都可以在外部进行了。

"我们完全可以说,今时今日,智慧已不再局限于人体内部,而是遍布于人体外部的巨大网络空间。混沌且大到超乎想象的巨型信息网络和散布其中的智慧核心,即人类个体的精神——这就是人类所造就的智慧的模样。个人原本是可以单独施展智慧的,但由于记忆的崩溃,个人的智慧变得软弱无力了。因此我们只能认定,人类个体的抉择已经不再有意义了,恐怕只能等待包括人类在内的巨型系统——人类文明做出最后的抉择。"

"你凭什么说人类文明会做出这样的抉择?"

"我无凭无据,但我愿意相信人类和人类的文明。"

"那我也相信好了。"

"主任,我们还要孤军奋战多久啊?"

结城被风见的声音唤醒。

"抱歉,我好像睡着了。上班期间打瞌睡真是太不应该了。几点了?"

"大家都精疲力竭了,打个瞌睡也是在所难免。三分之一的操作员都在打盹呢。现在是六点多。"

"六点多……你是说十八点多?"

"不,是早上六点。"

结城环顾四周,发现打盹的操作员还真不少,连立花都睡着了。

"课长……"结城正要叫醒立花。

"啊,课长刚睡着,就让他歇会儿吧。"

"可我们还上着班呢,这么多人打瞌睡像什么样子……"

"哦,您刚醒是吧?麻烦先看一下笔记。"

"笔记?"结城注意到面前的笔记本,"你要我看这个?"

看完笔记的开头后,结城得知在场的所有人都得了顺行性遗忘症[1]。

"这可不得了……我们从昨晚开始就一直是这样吗?"

"您看看日历上的日期,从一星期前的晚上就开始了。"

"什么?所以我们是连着上了一星期的班?"

"好像是的。"

"难怪这么累。饶了我吧……"

"我们没有工作的记忆,所以也没有成就感,只剩下了疲劳。"凤见哀叹道。

"恐怕得习惯这种状态。不过……我们真能习惯吗?"

"要是能找到治疗方法,问题就能迎刃而解了。"

"如果全世界都处于这种状态,找到治疗方法怕是比登天还难啊,因为医生的记忆也维持不了多久,"结城不胜其烦,"不过我们这儿似乎运行得还不错嘛。"

"好像也不是,之前差点闹出堆芯熔毁呢。"

"真的吗?到底出什么事了?"

"我哪儿记得啊。"

"可你不是亲身经历过吗?"

"您也经历过啊。"

"哦……总觉得脑子里模模糊糊的。"

结城继续看笔记,得知核电站之前险些因安全阀故障引发堆芯

---

[1] 即遗患病后发生的事情。

熔毁。

哦，运行核电站要以电脑数据为准，不能光看笔记。道理谁都懂，但情急之下确实容易犯这样的错误。

"吃的还够吗？"

"目前还够吃，但也该补货了。我倒是更想洗个澡。"

"其他值班小组是什么情况？"

风见翻看笔记。"笔记上说，我们在尝试与他们取得联系。但现在电话很不容易打通，就算联系上了，他们要是没有记录下来，肯定也会忘得一干二净……反正眼下还是一团乱。"

"那还是只能靠我们几个撑下去啊……"

结城忽然想起了美咲与梨乃。她们是不是也失忆了？还能正常生活吗？关键在于能否在十分钟左右的时间内认清事态。梨乃应该可以。可美咲呢？她是个慢性子，怕是还没弄明白，十分钟就过去了。不过她这人比较听话，就算理解不了，十有八九也会按梨乃说的做。

从失忆到现在，我是不是想起过她们好几次了？就算想起过，我也不会逐一记录下来，所以连"想起过她们"这件事都记不住。不知道是什么时候想起来的，也不知道想起过多少次。这似乎很可悲，但人的记忆力本就没有那么好，换作平时也会忘的。如此想来，倒也没有那么凄凉。

话说回来……我联系过美咲她们吗？听说电话很难打通……

结城翻着本子，正要查看笔记。

"主任，快看！！"风见指着屏幕喊道。

结城吓了一跳，还以为又出问题了。但屏幕上显示的分明是对着核电站门外的摄像头拍摄的画面。

只见一辆班车从远处驶来。到站后，穿制服的人陆续下车。虽然画面很小，但结城一眼就认出，来的是一班和三班的成员。每个人手里都拿着笔记本。

"他们来了！！"结城喊道。

"啊？怎么了？出什么事了？"立花许是被结城吵醒了，"抱歉，我好像睡着了。几点了？"

"早上六点多。提问前，麻烦您先看一下面前的笔记本。"结城说道。

"看来今天我们应该能回家了，"风见兴高采烈道，"虽然我完全感觉不到自己连值了七晚夜班……"

"什么？你连值了七晚夜班？"立花惊呼。

"您先看看笔记。"

"这是个好现象。"结城说道。

"课长睡糊涂了是个好现象？"

"不，我是说其他班的同事用一个星期做好了投入工作的准备。"

"我们当初好像只花了几十分钟哟。"

"那是因为一群专家从一开始就集结在了这里。我们群策群力，反复试错，在最短的时间内得出了真相。但他们当时应该分散在不同的地方，不得不从'自行搞清现状'做起。这一步的难度可想而知，但他们在短短几天内就重新组织了起来。我在他们身上看到了人类的潜力，燃起了希望。也许我们可以轻而易举地通过这次的试炼。"

"不好说吧，毕竟人类既有智慧的一面，也有愚蠢的一面。"

就在这时，房门开启。冰川站在门口，两手各提一桶。

"什么东西啊？一股腥味……"结城嘟囔道。

"是谁把捞起来的墨鱼撂在了冷却水的进水口啊?！都臭了！"

"还真是，当心浪费妖怪找上门哟，"风见瞧了瞧桶里的东西，"有人去捞过墨鱼吗？"

所有人面面相觑，耸了耸肩。

冰川撂下水桶，一脸不爽地回到自己的工位。不料他一看屏幕便怪叫一声，天知道那算"哀号"还是"叹息"。

"谁自说自话动了我的控制台啊?！"

06

呃……现在是六点啊。是早上？还是傍晚？

梨乃走向五斗橱，查看摆在上面的数码时钟。

是早上啊。看来最好把钟都换成二十四小时制的，或者能区分上下午的。

美咲几乎一直在呆呆地看着电视，每隔三十分钟左右抹一次眼泪，但注意到掌心里的字或笔记本后，便会喊梨乃过去。

每次出现这种情况时，梨乃都不会立即去美咲身边，而是暂时无视她的呼唤。这是为了让她养成自己解决问题的习惯。片刻后，美咲就会安静下来——要么是因为看了笔记本，明白了眼下的情况，要么是因为她忘记了自己为什么要叫梨乃过去。

最好想个法子让妈妈多活动活动。再这么下去，怕是真要糊涂了。

我也好不到哪儿去就是了。

回过神来才发现，面前有一张巨大的日程表。已经完成的任务被逐一用两道线画掉。

我们真的完成了这么多任务吗？当然，靠的不是我一个人的力量。多亏了一群相互之间不知道姓名长相的陌生人在现象发生后认识到了尽快采取对策的必要性，携起手来通力合作，这才走到了这一步。但我无疑也是他们中的一员。

在失去记忆的那一刻，个体属性的人类就不再是智慧生命体了。

再伟大的思想，都会在短短十多分钟内消失不见。留下记录固然可行，但人类的灵光一现终究是无法用文字与图画囊获的。

日常生活短期内还可以继续维持，但新发现与新发明诞生的概率几乎为零。因为新的想法在转化成文字之前，必须先在头脑中反复重构。工艺的传承也成了一桩难事。无法用文字表达的窍门将会迅速消逝。无法修复的东西会逐渐增多，最终导致文明无法维系，人类走向衰落。文明一旦消亡，信息也会迅速从人们周围消失。届时，人类定会倒退回野生动物的水平，白白浪费潜在的智力。也不知进化是会赋予人类足以取代丧失的记忆力的新智力，还是会就此抹去无用武之地的智慧，将人类变回原始的猿猴。

不过，人类还有办法避免这种结局。虽说个体属性的人类已不再是智慧生命体，但我们可以将"全人类"看作一种名叫"人类文明"的智慧，人类、物质、能量和信息网络都包括在内。意识到这一点的人们各自行动起来。

一分一秒都不容浪费。必须趁着各项基础设施仍在运行，尽快构筑起基础系统。通信和电力一旦中断，复原起来就需要耗费大量的劳力与时间。到时候，人们将疲惫不堪，甚至无力适应新的规则。

认清事态的人们开始在网上建立社群。他们被后人称为"先行者",为文明的延续出谋划策。

梨乃也是其中一个社群的成员。她提议编写一款应用程序,以便在每次启动电脑或智能手机时言简意赅地提醒使用者"你的记忆会不断消失"这一事实。当然,梨乃本人没有这方面的技能,但有许多人可以在十分钟内写出这样一款简单的应用程序。

包括梨乃在内的许多人大力传播这款应用程序。不知不觉中,程序新增了公告功能。认识到自己出现了记忆障碍的人可以阅读程序发布的公告。起初,任何人都可以自由发布公告,但先行者们意识到这样会导致非重要信息的泛滥,于是决定组织一个"编辑委员会"。问题是,让谁担任编辑委员呢?照理说应该走选举等民主程序,但在大家没有记忆的状态下构建起一套公平选举的制度并不容易。于是人们决定放弃选举,用抽签决定编辑委员的人选。随机选择,应该可以组成一支较为均衡的团队。

早在古希腊,就有"用抽签代替选举来实现民主"的先例。在今天的日本,挑选陪审员用的也是抽签的方法。当然,这种方法无法完全排除"选中有明显偏见的人"的可能性,但一定程度的风险是不可避免的。只要缩短委员的任期,应该就能降低这类人长期留任的风险。

先行者们建立的"人联网"有两项主要功能:其一是"头脑风暴的平台",由于个人很难再长时间思考,要想孕育创意,多人头脑风暴必不可少,而社交网站与这一目的高度契合;其二则是"收纳创意的数据库",不能立即派上用场的想法也会被收入其中。

人原本会不断冒出新的想法,并将其积累在记忆中。然后在某个时间节点，那些想法便会在潜意识里被组装起来，化作突破性的发现与发明。先行者们建立的就是一套可以替代记忆积累想法和创意的数据库系统。无须主动搜索，便可自动从社交网站的话题中提取关键词，显示出一系列相关的语句或图片。放在过去，这样的设计恐怕会干扰思路。但对失去记忆的人而言，这套系统便成了一大助力。

电脑响起提示音。

通信软件自行启动，向社群的所有成员传送信息。

屏幕上显示出一张陌生青年的大头照，外加"土地田忠"四字，下方附有说明：

＞（响应第一轮号召的成员之一。正在研究如何将人联网扩展到互联网之外。）

啊……原来我认识他。虽然我不记得了。

来自忠的信息以文本形式显示出来。

＞将人联网扩展到互联网之外的试验好像有进展了。

突然看到"将人联网扩展到互联网之外"这样的话，也不明白是怎么回事。不过梨乃刚冒出这个念头，屏幕右半边就出现了一段解释。

＞"将人联网扩展到互联网之外"：尝试将无法使用互联网的人接入人联网。在当前状态下，让原本不熟悉互联网的人理解"互联网为何物"是极其困难的，因此社群成员正在研发一套机制，以便将传真、电话和短信等元素尽可能顺畅地与互联网打通。具体包括通过电话参与社交网络会议的系统、通过传真或短信发送口头搜索结果的系统等。

哦……这样一来，那些没上过网的老人家的力量也可以充分运用起来了。

＞我们做了一场百人规模的试验。在这里解释，大家也记不住，所以我会把结果存在共享数据库里。

此时此刻，梨乃不会主动去看。当她需要的时候，系统应该会自动显示出来。

还有许多任务等待着他们去完成。

除了梨乃所属的社群，人们已经构建起了无数人联网。下一项挑战，就是如何实现这些人联网的互联互通。届时可能会发生文化与思想层面的冲突。

但不知为何，梨乃有一种朦胧的预感：我们应该可以突破这个难关的。也许是遗传自父亲的乐观主义使然。

"梨乃，你在楼上吗？"美咲用异常欢快的声音喊道。

"我在这儿呢。"梨乃应了一声，没有无视母亲。

你没老糊涂，别担心。

——正要如此宽慰母亲时，美咲却说了一句出乎意料的话。

"你爸爸要回来啦。"

爸爸要回来了？原来他不在家啊？走了多久了？

梨乃下到一楼。"爸爸说他什么时候回来啊？"

_067

"再过大概三小时就能见着啦，"美咲一脸疑惑地看了会儿自己的掌心，忽然笑道，"他还说他会带些新鲜的墨鱼回来，让我好好记下。等着吃海鲜吧！"

幕间

就这样,
全世界陷入了恐慌。

人会先对所见所闻形成短期记忆，然后在几分钟到几十分钟后（具体时长因人而异）将其转化为长期记忆。这套机制一旦崩溃，记忆便只能维持几分钟到几十分钟。若在人生中的某个节点陷入这种状态，余生便无法留下任何回忆，只能记起记忆机制崩溃之前的事情。

　　信息从短期记忆转化成长期记忆的机制仍是一个未解之谜。事到如今，观察与实验都成了奢望，说它已成永恒之谜也毫不夸张。

　　不过人们已经提出了一些假设。科学家一度认为，所有脑内现象都基于电化学反应。但在"那种现象"席卷全人类数十年后，人们猜测记忆的转化也许是利用了某种空间特性的量子物理学机制。

　　那种现象——"大遗忘"刚开始的那几天，情况混乱至极，所以后人只能推测当时发生了什么。推测的依据是"大遗忘"开始前不久的脑内记忆、监控录像等视频资料及人们留下的零碎记录。

　　至于"大遗忘"的原因，至今仍众说纷纭。

　　类似超新星爆炸的宇宙现象，平行世界之间的干扰，来自另一个时代的侵略，超古代统治者复活的前兆……各种猜想满天飞。其中呼声最高的是"某独裁国家的试验引发了大遗忘"。

至于试验的内容，人们的意见仍有分歧。唯一可以确定的是，某国的独裁者原以为那会是一场核试验。然而某国早已疲敝不堪，何来余力开展核试验？为了制造出像模像样的闪光、冲击波和辐射，工程师们试图根据自己编造出来的不成熟理论引发某种近似于核爆的反应，谁知竟造成了那种始料未及的现象。

各国的观测仪器都捕捉到了不可能源自核试验的振动和未知的辐射。就这样，全世界陷入了恐慌。

现代科学家认为，当时可能发生了某种空间相变。某国进行的未知试验改变了空间的性质。而短期记忆到长期记忆的转化就建立在空间的性质之上，所以在那场试验之后，人们就无法再拥有长期记忆了。

据推测，空间相变极可能以球状路径光速传播，在短短的百分之二秒左右便笼罩了全球，一秒多后抵达月球，八分多钟后抵达太阳。对那些没有生命的天体而言，实质性的损害几乎为零。不过相变在爆炸的十多分钟后到达火星，四十多分钟后到达木星，一小时零几十分钟后到达土星，在此过程中，也许有某种生命体受到影响。今时今日，相变空间已呈直径数十光年的球体，并以光速不断扩大。说不定，已有若干星系被卷入了这场灾难，但截至目前，人们还无从确认。

最初恐慌袭来时，许多人还以为是自己产生了错觉。或者说，他们是想将这场剧变当成错觉。只有极少数人想到自己可能是患上了顺行性遗忘症之类的疾病，并做了记录。

十几分钟后，第一拨恐慌的记忆消失了，新的恐慌再次袭来。

但留下记录的那一小撮人逐渐认清了发生在他们身上的事。

他们开始在笔记本、手机上详细记录现状,并在下一拨恐慌来临时以最快的速度走出震惊,重归冷静。他们观察旁人,意识到事态发展到了一个极其可怕的局面。

——原来患上顺行性遗忘症的不止我一个。我周围的人都出现了相同的症状。搞不好我居住的这个地区,这个国家,乃至全世界都在经历这种现象。

那一小撮人察觉到事态有异,想方设法提醒周围的人。他们成了后人口中的"先行者"。在先行者的启蒙下行动起来的人有时也被称为"继行者",但人们通常将他们也归入先行者的范畴。无论如何,后人都很难查明"大遗忘"之初究竟发生了什么,而且启蒙的顺序也没有多大的意义。我们只需要知道,当时有一群人迅速认清了事态,并试图以最快的速度将情况传达给尽可能多的人。

先行者意识到,维持水电煤、通信、媒体、物流等基础设施的运转是优先级最高的任务。不难想象,基础设施一旦崩溃,要想在没有记忆的状态下将其恢复如初绝非易事。当然,关键的基础设施几乎都是全自动运转的,但不可预见的故障随时随地都有可能发生,人为失误也无法彻底规避。

在"大遗忘"发生之初,先行者第一时间着手构建联络网。不过短短几个星期,联络网的大框架就完成了。人类以这套联络网为基础,逐步重铸了自己的文明。几个月后,防止基础设施发生故障成为可能。而直到十年后,损坏的基础设施才得以完全恢复。

面对记忆障碍,人们当然也没有坐以待毙。脑外记忆装置也在同一时期问世了。

其工作原理并不复杂,不过是观测脑内短期记忆的状态,再将其压缩并记录在半导体存储器中。使用者回忆词句或图像时，记忆装置就会自动搜索，复原相关信息，并发送至脑内。它与先行者在"大遗忘"初期为电脑和手机编写的数据库浏览程序有着同样的基础原理。

刚开始使用这种装置时，也有人略感困惑。但没过多久，人们便习以为常，运用自如，仿佛那就是自己的记忆一般。

脑外记忆装置起初很大，需要用手推车搬运。使用者也需要做手术在脑后安装插座，再将成捆的电线插在上面，极不美观。但有了这套装置，一度只能依赖备忘录的技术人员就能模拟出"靠自己的记忆开展工作"的状态，各领域的效率飞速提升。积蓄多时的能量终于得到了释放，各类技术蓬勃发展。

在此过程中，记忆装置的体积迅速缩小，一年后便缩到了可以塞进口袋的尺寸。又过了一年，就只有手指那么大了。进一步缩小也不是不行，但太小反而会造成种种不便。最终，一厘米到数厘米成了记忆装置的主流尺寸。

市面上也出现了植入体内的款式，但由于养护不便，也难以在性能更高的新款问世时更换，人们普遍选择在身体的某个部位安装插座，将存储器插入其中。

时光飞逝，出生在"大遗忘"后的一代人渐渐长大。他们没有在自己的头脑中存储过长期记忆，从出生起就时刻依赖着半导体存储器"记忆条"。对他们而言，记忆条承载着他们全部的记忆。

于是乎，人类迫不得已接纳了这种全新的文明，形形色色的故事也随之上演……

第二部

这是哪儿?
为什么他们都不动呢?

01

这是哪儿?

我意识到自己正站在某个地方。

环顾四周,薄雾朦胧。雾霭之外,各种东西的影子隐约可见。

有建筑,有森林,也有人。

似有微风,细小的雾粒缓缓流动其间。

建筑都不算高大,看着像独栋民宅。说不定那片形似森林的东西,也和城里的森林公园差不多。

人影则大多伫立于一处,纹丝不动。

为什么他们都不动呢?

刚冒出这个念头,我便意识到自己在别人眼里也只是一个静止不动的人影而已,不禁苦笑。

有些人单独站着,有些人三三两两地聚在一起。远远望去,他们既像家人,又像亲密的朋友或恋人。即便原地不动,我也能感知到他们的熙熙融融。充沛的爱,将他们紧紧相连。

见这个世界并非满目凄凉,我松了一口气,自然而然泛起微笑。

嗯,我认识那种被爱意环绕的家庭,也记得与家庭的诞生有关的故事。

比如,这样一个故事……

02

回过神来,发现自己倒在了楼梯底下。头晕目眩。

抬眼望去,身边还躺着另一个人。

却不知道那是谁。

话说……这是哪儿啊?

只记得自己急着赶路,想快步冲下楼去,结果撞上了别人,就这么摔了下来。

但想不起来急着赶路的原因了。

四下张望,只见人们关切地看向这边。

这似乎是一座车站。

"没事吧?"一个中年妇女开口问道。

"嗯,没事……"好容易才挤出一句话来。

这是我的声音吗?恍惚的念头浮上心头。

倒地的那个人缓缓起身。环顾四周后,他从地上捡起一小根条状物体。

思索片刻后,他将其插入自己的手掌。

小条被瞬间吸收。

他好像突然想起了什么,撒腿就跑。

那个人的背影勾起了几缕怪异感。

"这个掉出来了。"刚才那个中年妇女递来一根小条。

这是什么东西？

"哎呀，这就忘光啦！"中年妇女惊讶地说道，"你这个年纪的人啊，应该是打出生起就没离开过这个吧？没有它就回不了家，认不出爹妈，连自己的名字都不知道呢。插座在哪儿？"

插座？

"哦，在手肘上啊。"中年妇女将小条插入手肘上的插座。

广田哲司。

哲司突然想起了自己的名字。

"太感谢了，"哲司说道，"差点就闹出大笑话了。"

"插牢一点，别让它再掉出来。不是说你们离了它就会变成奶娃娃嘛。"

"那倒也不至于。因为我们是有程序记忆[1]和语义记忆[2]的，开车、读写什么的不成问题。就是不知道自己是谁，也不知道自己在什么地方。"

"那也比奶娃娃强不了多少，还是得小心点啊。"

哲司向中年妇女深鞠一躬，跑了起来。

他本该在正午之前赶到车站跟前的酒店，因为他跟人约在酒店大堂碰面。只怪他睡过了头，下车时已过正午。得赶紧过去，否则就太不礼貌了。

哲司抬手看表。

---

[1] 又称技能记忆，通过重复相同的经验而获得的记忆，如学会骑自行车、熟练地演奏乐器等，一旦形成，就会自动发挥作用，不需要有意识地处理，长期保存。

[2] 对各种有组织的知识的记忆，如对字词、概念以及它们之间的关系和规律，有关公式等的记忆，与情景记忆相对应。

糟糕，已经迟到十分钟了。

谁知才跑了没几步，他便觉得不太对劲。

咦？

哲司停下脚步，琢磨起了"不对劲"的原因。

再次抬手看表。哲司平时都把表戴在手腕的外侧。可不知为何，表盘竟出现在了手腕内侧。而且那分明是一块女士手表。更诡异的是，他自然而然做出了"看手腕内侧的表"这个动作。

怎么搞的？

哲司一头雾水，但还是战战兢兢打量起了自己的胳膊。陌生的衣袖映入眼帘。他今天明明穿了西装，衣袖上却印着鲜艳的图案。

不，问题不在于袖子。哲司惊讶地发现，自己的手很是纤细。

他闭上眼睛，做了个深呼吸。

希望这一切都是我的错觉。

然后他睁开眼睛，查看自己的衣着。

女式上衣加裙子，图案鲜艳。脚踩红色高跟鞋。

我哪儿有本事穿着高跟鞋跑步？

答案显而易见。因为穿惯了。这就是所谓程序记忆，就是人们常说的"刻在身体里的记忆"。当然，实际记住那些的不是身体，而是大脑。

虽说约定的时间已过，但哲司顾不了那么多了。他必须先冷静下来，想一想自己到底遭遇了什么。

哲司环顾四周，但没找到一处能坐下的地方。直接去酒店的话，坐的地方不成问题，奈何他此刻的精神状态并不适合去那里。

见不远处有一家咖啡厅，他便走了进去。

他点了一杯咖啡，琢磨自己身上究竟发生了什么。

他用尽可能不引人注意的动作偷偷碰触自己的身体。

看来并非他男扮女装。这确确实实是一副女性的身体。

是他的性别突然转换了？不可能。那身体怎么会莫名其妙变成女人的呢？答案很简单。因为这本就是一副女性的身体。那为什么直到刚才，他还觉得自己的身体是男性的呢？这个问题也很好回答。因为男性的记忆条被错误地插入了这副身体。

瞧。静下心来想一想，便能很快得出答案，不是吗？

没错。因为被插入了错误的记忆条，这副身体才会误以为自己是一个叫"广田哲司"的男人，但事实并非如此。这是一个女人。

那我（♂）——呃，我（♀）是谁？[1]

因为有广田哲司的记忆，此刻他只能把自己当成广田哲司，这着实令人头疼。也许他应该求助亲朋好友，但由于失去了原来的记忆，眼下能想起来的只有广田哲司的熟人。

无论如何，插入别人的记忆条都不是什么好事。哲司正要伸手去拔……

哎，慢着。刚刚在车站的时候，我就是因为记忆条脱落没了方向，不知所措。只要身上还插着广田哲司的记忆条，我好歹可以进咖啡厅坐坐，也可以乘坐公共交通工具。可一旦拔出这根记忆条，那些知识就会消失不见。再过个十多分钟，我兴许会忘记这是谁的记忆条。到时候，我便会以无异于初生婴儿的状态流落街头，只能勉强开口说两句话。

那可不行。

哲司松开记忆条。

---

[1] 日语中男性与女性的第一人称有所不同，文中以符号加以区别。

在找到真正属于自己的记忆条之前，姑且先用这根记忆条吧。从某种角度看，这也算是紧急避险了，没辙。

当务之急是搞清楚自己是谁。

只能翻翻随身物品了。

回过神来才发现，自己手上挂着一个包。

本想打开，心中却生出了抵触。"自己是广田哲司"这一意识，让他对"未经允许翻看陌生女性的物品"产生了负罪感。理智告诉他，这就是他的东西，可他就是不这么觉得。

管不了那么多了！

哲司鼓起勇气打开手提包，翻出简单的化妆品、钱包、笔记本和手机之类的东西。

他忐忑不安地打开钱包，却没有找到任何足以明确身份的物件。要是能找到驾照或信用卡就好了，但这个人似乎没有随身携带证件的习惯。他本想翻看手机里的通讯录，但不知道锁屏密码，看不到里面的数据。

笔记本上也没写名字。翻了翻，发现里面记录了不少隐私。

他急忙合上笔记本。这东西可不能乱看。身体是这位女士的不假，可要是现在翻看笔记本，里面的内容就会作为广田哲司的记忆固定下来。实在没别的办法了再看吧。

眼下该把自己看成谁呢？假设成 X 女士？不。他有身为广田哲司的记忆，所以当"广田哲司"才最舒服。姑且先当自己是广田哲司吧，暂时过渡一下。

将自己看成哲司，使他拾回了些许平静。比起"自己的记忆消失不见，陌生男人的记忆闯入脑海"，"自己的意识误入了陌生女人的身体"反而更容易理解一些。不，理解就不用指望了，但至少没那么混乱。

既然平静下来了，那就再琢磨琢磨究竟发生了什么吧。

我（♂）——我是哲司，用男性第一人称没毛病——在车站撞到了一位女士。两人纠缠着摔下楼梯，两根记忆条也碰巧在同时掉出了插座。而且落地时的冲击十有八九造成了短期记忆的消散。遭遇事故时出现短暂的记忆空白也是常有的事。

于是在慌乱之中，我的身体捡起了那位女士掉落的记忆条，插入自己体内。在插入的那一刻，我的身体必然会认定自己就是那位女士，所以才会匆忙离开，赶往她的目的地。就在女士的身体因失忆陷入恍惚时，好心的大姐把我的记忆条插了进去。在那一刹那，女士的身体产生了"我是广田哲司"的认识，进而撒腿冲向我的目的地——酒店。

走到半路，我才意识到这副身体是女的，直至此刻。

瞧。这么整理一下就清楚了，没什么大不了的。

眼下的头等要务，是找回自己的记忆条。

可又觉得哪里不对。换成"找回自己的身体"，反而更顺当些。

然而，若将正在思考的自己当成广田哲司，那我的本质岂不就成了这根记忆条吗？

这是一个颇为震撼的发现。

长久以来，我一直把记忆条当成嵌入身体的人工附加物，跟隐形眼镜、补蛀牙的填充物没什么两样。就算我跟某位女士戴错了隐形眼镜，也不会闹出什么大问题，顶多是看不清东西、眼睛酸痛而已。我们的人格并不会因为戴错了隐形眼镜而对调。可若是插错了记忆条，连人格都会调换到对方的身体里。

不。也许"人格对调"只是一种错觉。也许在我这么胡思乱想的当下，我本质上仍是某位女士，只不过碰巧拥有广田哲司的记忆罢了。然而，我死活想不起来与这位女士有关的一切。姓名住址也好，家庭成员也罢，一概不知。只能想起广田哲司的相关信息。

即便接受"我的主体是这根记忆条"这一观点，仍有一个大问题需要解决。那就是，这副身体到底算什么？就算拔出了记忆条，这副身体（以及广田哲司的原始身体）仍然是活着的。也许它对自己与世界一无所知，但它好歹会说话吃饭，走路睡觉。真能把这样一个东西排除在"人"的范畴之外吗？

人是身体与记忆条的组合——如果这么想呢？在"大遗忘"之前，人并不需要记忆条。头脑本就有记忆条承载的功能，所以人们无须纠结这些复杂的问题。而"大遗忘"逼得人们不得不在头脑之外配备有长期记忆功能的设备。换句话说，头脑的正常运作建立在记忆条之上，所以只有在身体和头脑配套的前提下，我们才算是"人"。

那没有记忆条的人就不算"人"了？不，话不能这么说。身体是人，记忆条也是人。两者都是人，只有其中之一也算人。

啊？只有记忆条也算人？这么说好像也不太对。

抬手看表。

糟了，都一点了。怎么办？都迟到一个小时了。人家肯定被我气跑了。我弄丢了手机，或者说，我弄丢了身体，手机也一起丢了，所以都不知道人家的联系方式，也没办法打电话道歉。

干坐在这儿也无济于事。要不先报警吧。

就说"我弄丢了自己的身体，请你们帮忙找找看"。

不行啊……此路不通。至少法律并不认为记忆条是"人的主体"。所以这意味着，在形式层面是"这位女士丢失了记忆条"。

"不好意思，我弄丢了记忆条，能帮忙找找看吗？"

很好。就这么说。警官听完之后肯定会这么回答：

"好的,麻烦您在这份失物信息表上填写姓名和住址。"

真要命啊。这位女士失去了自己的记忆。换句话说,她处于精神错乱的状态。而且她还插入了别人的记忆条。而她并不是这根记忆条的所有者。警方会如何处理这种情况呢?

他们八成会拔出这根记忆条,代为保管,直到真正的所有者出现。至于这位女士,也许会被移送至某家医院暂住一段时间。那广田哲司的意识要怎么办?在广田哲司的身体被找到之前,广田哲司的意识难道不会消失吗?

原来的广田哲司的意识一直存在于广田哲司的身体中,所以没有问题?不。事实胜于雄辩,此时此地不就有一团认为自己是广田哲司的意识吗?

麻烦大了。贸然报警,自己的意识怕是会灰飞烟灭。可一直坐在这里也不是个办法。

要不先回一趟家看看?不是这位女士的家,而是广田哲司的家。

乍看荒唐,但搞不好是最明智的选择。此时此刻,广田哲司的身体承载着这位女士的记忆。她肯定也会跟我一样,想方设法查找身体主人的信息。我不记得包和口袋里具体装了什么,但里面也许有关于我身份的线索。如果有的话,她就很有可能前往广田哲司家。

哲司朝自家赶去。

按下门铃后,门禁的扬声器传出母亲的声音。"哪位呀?"
"抱歉打扰了,请问哲司先生在家吗?"
"不好意思,他还没回来……"
还没回来啊。那就等吧。
"可否让我在这里等他回来?"

"恕我冒昧……请问您是哪位?"母亲的语气饱含疑惑。

一个陌生女人突然找上门来,要求进屋等人,不起戒心才怪。

"是这样的,哲司先生丢了一件东西,现在是我保管着。"

"丢了东西?是钱包还是……"

"比那些东西重要得多。"

"他到底丢了什么?麻烦您说清楚。"

"记忆条。"

"啊?您说的是连接大脑的长期记忆存储器吗?"

"是的。"

"哎哟,那可不是闹着玩的!"

片刻后,门开了。

哲司的母亲满腹狐疑地打量着面前的女人。

"不好意思吓到您了,突然找上门来说这些……"

"这都无所谓,您先告诉我记忆条在哪儿?哲司那代人生来就没有长期记忆的,离了记忆条就走投无路了啊。"

"在这儿。"哲司举起手肘。

"……您是在开玩笑吗?"母亲皮笑肉不笑。

"我也希望这是个玩笑,可惜这确实是哲司先生的记忆条。"

"你这人也太没常识了,怎么能随便插别人的记忆条啊!这一插,你就知道了哲司经历过的一切!这叫侵犯个人隐私!!"

"您说得很对,可我也有不得已的苦衷。"

"什么苦衷?"

"哲司先生带走了我的记忆条。"

"什么意思?你是说哲司抢走了你的记忆条?"

"不,他不是那种人。怎么说呢……因为一场意外,哲司先生阴

_085

错阳差插了我的记忆条,把它带走了。"

"都怪我家哲司不好?所以你为了报复,抢走了他的记忆条?"

"不,不是这样的。我这边也是意外搞错的……"

"你是说,一连发生了好几起意外?"

"不,我们是在同一起意外事故中错拿了对方的记忆条。"

哲司的母亲叹了口气。"倒也不是绝对不可能出这种事,巧得跟中彩票似的……可你为什么不把拿错的记忆条拔出来呢?"

"因为我和哲司先生年龄相仿,离了记忆条就什么都不记得了,不知道该怎么办。"

"也就是说,你利用哲司的记忆,好不容易摆脱了困境,找到了这里?"

"是的。呃,其实我主观上认为自己就是哲司先生。"

"哦?是吗?那你是不是也觉得我是你妈啊?"

"确实有这种感觉……其实跟你说敬语都感觉怪怪的。"

"那就按平时的习惯来吧。我就当是突然多了个女儿。"

"多了个女儿啊……可我还当自己是你儿子呢。"

"哟,还真是哲司的口气。也就是说,这会儿哲司的身体里装着女人的记忆?"

"应该是的。妈,你说记忆到底算个什么东西呢?"

"记忆就是记忆啊,就是一堆信息。"

"那我为什么觉得自己是哲司呢?"

"天知道,是不是错觉啊?"

"我也怀疑是错觉,但我无论怎么想,都只觉得自己是哲司……"

"话说你在这儿耗什么呢?为什么不回酒店呢?"

"呃,我总不能这么去吧……"

"这不是挺体面的吗？"

"不是体面不体面的问题。人家等着跟男人相亲，结果却等来一个女人，不蒙才怪呢。"

"啊……看来你是还没反应过来。"

"反应过来什么？"

"你等着。"母亲回了里屋。

母亲似乎无法将"进入女性身体的哲司"看成"哲司"。那他从今往后该住哪儿呢？

"瞧瞧这个，"母亲拿来一个形似文件夹的玩意，"有没有印象？"

"有啊，不就是相亲用的照片吗？"

母亲翻开照片夹给他看。"喏。"

"呃……不是翻来覆去看过好多遍了吗……"

"你认不出这张脸吗？"

"认得出啊，因为这张照片我已经看过好几次了。"

"哦，原来是这么回事……你不知道自己的名字是吧？"

"嗯，只知道'广田哲司'这个名字。"

"也不知道自己长什么样？"

"嗯，只知道哲司长什么样。"

哲司的母亲默默递来一面手镜。

哲司匆匆赶往与相亲对象约定的酒店。

在酒店门口撞见了一张熟悉的面孔。

两人几乎同时说道："啊！你好，幸会。"

"虽然有种……"对方说道，"不是初次见面的感觉。"

"我也是，"哲司说道，"没想到是跟你相亲……"

"怎么办？"

"要不去茶室坐坐？"

"好。"

两人找位置坐下。

"呃……"哲司开口说道，"我觉得……呃……自己是广田哲司，你呢？"

"跟你一样。我觉得自己是田所智纱子。"

对方有着广田哲司的模样和声音，却拥有田所智纱子的记忆。

哲司很是困惑，但还是决定当眼前这个人是田所智纱子，而非广田哲司。

"这个东西怎么办？"哲司指了指肘部的记忆条。

"你是说这个吧，"智纱子摊开手掌，"总归是要换回来的。"

"不过想想还怪可怕的，"哲司说道，"我现在还觉得自己是广田哲司，可一旦插上那根记忆条，那个'自我'就会被另一个人格覆盖……"

"这么说起来，我们其实已经被覆盖过一次了。"

"要不喊'一二三'，同时拔出来，再同时插进去？"哲司如此提议。

"感觉不太行啊，"智纱子说道，"我们的大脑也是可以存储短期记忆的，就算拔出记忆条，仍会暂时拥有对方的记忆，不是吗？"

"等个十多分钟不就不记得了吗？"

"前提是'不立刻插入记忆条'。一旦插入记忆条，那些记忆就会被存储在记忆条里。"

也对。我目前还可以自如地回想起广田哲司的过往。一旦回想起来，记忆就会暂时留在大脑之中。如果在这种状态下插入田所智纱子的记忆条，那些记忆就会转移到记忆条中，永不消逝。

好别扭啊，我可不想让别人看到那些见不得光的记忆……啊！

不能想！现在回想那些事才是最糟糕的。

"你是不是想起了一些见不得光的事情？"

"还不是被你说的……"

"你好歹是男的，被人知道了也无所谓。我一个姑娘家……"

"女人会有什么不想让人知道的事情啊……"

"再说下去就算是性骚扰了。"智纱子瞪了他一眼。被一个套着男人皮囊的女人怒目而视还挺可怕的。

"要不这样吧，"哲司提议道，"我们都把拔出来的记忆条放在桌上，等短期记忆消失了再插入正确的记忆条。"

"要是连'需要插入记忆条'这件事都忘了呢？要是我们都撂下记忆条，稀里糊涂走出去了呢？"

"也是。那这样吧，其中一个人先拔，拔出来的记忆条放桌上。确定记忆消失了，另一个人再拔出自己身上的记忆条，插入对方的插座。等后拔的人的记忆也消失了，再插入正确的记忆条。"

"可要是有人耍赖，不等对方的记忆消失就插入记忆条呢？"

"这么耍赖有什么好处啊？只会泄露自己的秘密不是吗？"

"有道理……"智纱子思索片刻后说道，"这个方法好像没什么漏洞。"

"谁先拔？"

"我先拔。我是一刻都不想再待在男人的身体里了。"智纱子拔出记忆条，放在桌上。

"感觉如何？"

"好像没什么变化。"

"能报出一个小学老师的名字吗？"

智纱子摇了摇头。

"看来已经无法读取长期记忆了。"

"这意味着要不了多久,我就不再是田所智纱子了。"智纱子略略沉思。

"你并不会因此消失,你的记忆还好好地存在这儿呢。"哲司指了指记忆条。

"也是,还是恢复原样为好。"

过了一会儿,哲司又问了一遍:"你是谁?"

"还是有种自己是智纱子的感觉,但又觉得那像是一场梦。"

又过了几分钟,哲司问道:"还认得我吗?"

面前的男人摇了摇头。

"你叫什么名字?"

对方回答:"不知道。"

"还记得别的吗?"

对方耸了耸肩。

哲司扒开他的手掌。

对方露出惊讶的表情。

"别怕。"

趁着对方还没起疑,哲司迅速拔出自己肘部的记忆条,插入对方掌中。

"啊……"对方摩挲手掌。

翻了片刻白眼,随即恢复正常。

"怎么样?"哲司问道。

"我是广田哲司。"对面的男人回答。

好奇怪的感觉。

他觉得自己是广田哲司,眼前却有一个自称广田哲司的人。

"感觉如何?"

女哲司问道。对自己用敬语感觉怪怪的，于是换了更随意的口吻。

"怎么说呢，感觉我片刻前还是个女人，坐在你那边，拔出了手肘上的记忆条。一眨眼的工夫，我就坐在了这边……然后我还记得自己坐在这里，问一位女士'你叫什么名字'，感觉特别诡异。"男哲司回答。

"因为最近的短期记忆还在，记忆就出现了重叠。"

"田所小姐，你很快也能恢复原样了。"男哲司说道。

"田所小姐不在这儿。她还在那里。"女哲司指着记忆条说道。

"也对。虽然总觉得哪里不对……"

"直到刚才，田所小姐不还在你的那副身体里吗？"

"话是这么说，可总觉得……"男哲司表情微妙，"反正再过几分钟，你那副身体也能物归原主了。"

男哲司的说法让女哲司忧心起来。女哲司本以为，只要把记忆条插回原处，就能瞬间回到原来的身体。眼前的男哲司似乎就有这种感觉。可实际情况呢？我仍在这副女性的身体里。理智告诉我，"我＝广田哲司"是错觉，我其实是田所智纱子。道理我都懂，但我有点无法接受自己被智纱子的记忆覆盖，就此消逝。这种感觉，近似于对死亡的恐惧。不，如果这副身体里的人格将在几分钟后灰飞烟灭，那跟死亡又有什么区别？

我不想死。

"还认得我吗？"

面前的女人摇了摇头。

"你叫什么名字？"

"不知道。"

"还记得别的吗?"

"呃……记得你问我问题。"

男哲司笑了起来,许是觉得她的回答很有趣。

"麻烦抬一下手肘。"男哲司说道。

她依言行事。

男哲司迅速将桌上的记忆条插入对方的手肘。

"啊?"对方翻了片刻白眼。

"你是谁?"

"我是……田所智纱子。"

"怎么了?你好像犹豫了一下……"

"几乎是田所智纱子。"

"什么意思?"

"我做了一件很对不起你的事情。"

"怎么说?"

"呃,做那件事的也许不是我,而是你……"

"我怎么越听越糊涂了?"

"在等待短期记忆消失的时候,我体内的你有点害怕,怕自己就这么消失……"

"怎么会呢,哲司的记忆已经回到我这儿了啊。"

"但拔出记忆条之后,我仍有'自己是广田哲司'的意识。"

"嗯,那是错觉。"

"你记不记得,我之前认为那不是错觉?"

"嗯,记得。"

"我本以为,只要拔出记忆条插到你那边,我就能回到原来那副身体里了。"

"这不是变回来了吗？"

"你在我眼前变回了广田哲司，可我这里还留着一个哲司。"

"那应该会很快消失的吧，和残影、余香是一个性质。"

"残影也是有意识的。刚才我体内的哲司觉得，自己快要死了。"

"其实不是'死'，只是忘记了而已。"

"所以在短期记忆还没完全消失的时候，我这边的哲司就假装自己忘记了一切。"

"什么!!"哲司像是结结实实吃了一惊，"你记住了什么？"

"呃，也不是什么大不了的事。"

"既然不是什么大不了的事，那就说来听听。"

智纱子扭扭捏捏了好一会儿，这才低下头说道："对不起，我实在是说不出口。"

"啊啊啊……"哲司抱头道，"是那件事吗？是不是那件事？"

"应该是吧。"智纱子满脸歉意。

哲司扑倒在桌上。

"非常抱歉，我都不知道该说什么才好……"智纱子鞠躬道歉。

"不，没关系，"哲司缓缓抬头，"要怪也得怪你体内的我。"

"你能这么说，我心里就好受多了。"

"再说了……我也做了对不起你的事。"

"啊？"

"呃，我本想瞒到底的，就当没发生过。可你都坦白了，我要是不说，就太不公平了……"

"难道……"

"刚才在我体内的你，也有点怕死。"

智纱子尖叫起来。

茶室里的其他客人纷纷望向他们。

两人垂头丧气。

"你记住什么了?"智纱子问道。

"呃,反正也不是什么违法乱纪的事……"哲司低着头回答道。

两人各自垂着头,沉默片刻,然后几乎在同一时间抬起头来。

"要不干脆——""要不干脆——"

"你先说吧。"哲司示意智纱子说下去。

"如果这是一场普普通通的相亲,你打算怎么办?"

"这个嘛……"哲司红了脸,"如果你不嫌弃的话……我应该会和你继续发展的。"

"哦,太好了。"

"太好了?"

"我们不是已经知道了对方心底最深处的秘密吗?"

"呃……确实是这么回事。"

"那跟老夫老妻又有什么区别呢?要不干脆结婚算了?"

"好!"哲司不假思索道。

03

我姑且走向离自己最近的人。

走着走着,对方似乎也注意到了我,好像正端详着我。

距离是拉近了,但对方的轮廓依然模糊不清。

我的眼睛似乎不太对劲。视野里的东西飘忽绵软,没有固定的形状。

我向对方点头致意。

对方也略略欠身。

我们果然是认识的?

"你好……还是应该说早安?"我在迟疑中开口说道。

"都行,随你的便。"对方柔声回答。我竟听不出他的性别与年龄,着实不可思议。

"呃……我可以打听个事吗?"我问道,"这是哪里?"

"你希望这是哪里?"

"你是在用问题来回答问题吗?"我略感不爽。

"你觉得这是哪里呢?"看来对方是打算彻底无视我的发言。

"是死后的世界吗?看着不像是地狱,难道是天堂?"

"你希望这里是天堂吗?"

我摇了摇头。"天堂总比地狱好,可即便这里是天堂,我也不会太高兴。"

"为什么?"

"因为我还不想死。"

"哦,原来你还想活着。那如果这里不是死后的世界呢?你觉得这里会是什么地方?"

"我要是回答'不知道',你打算怎么办?"

"那我应该会回答:'这是一个哪儿都不是的地方。'"

"世上不可能有'哪儿都不是'的地方。"

"但这里偏偏就是。"

他显然是在跟我开玩笑。那我也开开玩笑好了。

"好。我希望这里是我的故乡。"

"那么，这里就是你的故乡。"

突然，云开雾散。周围的景色逐渐清晰起来。远处层峦叠嶂，近处则是一派田园风光。水渠中流水潺潺，孩子们拿着网，专注地追赶水里的生物。

"你对我做了什么？"我问他。

他回答道："没做什么。"

随着雾气散去，人们的轮廓骤然清晰。

他竟是我的小学老师。

而我周围的人，也都是教人怀念的故乡旧识。

"是催眠术之类的？"

"不。"对方的面容迅速清晰起来，声音也与明确的印象挂上了钩。

"这到底是什么地方？你又是何方神圣？"

"这里是你的故乡，我是你的小学老师。"

"叫什么名字？"

"名字？"

"你的名字。"

"你会不知道吗？"

"我知道。但你不知道吧？"

"你为什么觉得我不知道呢？"

"我没提过老师的名字。如果你是冒牌货，就很有可能不知道自己叫什么名字。"

"岩田四郎。"对方说道。

"你怎么知道的？"

"因为这是我的名字。"

"不可能，老师早就去世了。"

"这是你的故乡，只不过我还没死。"

"不，不可能。这不是我的故乡。"

雾气陡生。

人们的轮廓重归朦胧。

周围的风景也融入灰雾之中，变得模糊不清。

眼看着上一秒还是岩田老师的那个人模糊了眉眼，穿着的衣服也变成了软绵绵的一团，没有明确的形状和颜色。

"这是哪里？"

"一个哪儿都不是的地方。"声音也变得飘忽不定，听不出年龄和性别。

"老师，你刚才不是还说这里是我的故乡吗？"

"刚才是刚才。我已经不是你的老师了。"

"那你现在是谁？"

"现在我谁也不是。"

"所以我希望这里是什么地方，这里就会变成什么地方？而你也会变成与之相符的人？"

"你只说对了一半。我可以变成与那个地方相符的人，但只要你愿意，我也可以变成与之不符的人。"

"全都是假的？"

"不，一切皆为现实。"

"现实不可能如此轻易地改变。"

"难道不只是'在你的记忆中没有变化'吗？"

"'在记忆中没有变化'，不就是'实际上没有变化'吗？"

"你的记忆是现实吗？"

"是啊，我的记忆是现实的一部分。"

"如果现实会变,那你的记忆也有可能改变。"

"这也太荒唐了。"

"你凭什么说这荒唐呢?"

"如果记忆可以随意改写,那世上还有什么是可以相信的呢?如果什么都不能相信,那我们又该靠什么活下去呢?"

"随心所向。"

"心是在自我和现实的关系中产生的。世上不存在脱离现实的心。"

"话能说这么死吗?从那时起,人们就可以将心的一部分剥离出来了。被剥离出来的心就只是一件物品而已。你不记得关于心的故事了吗?"

关于心的故事?我当然记得。

没错。好比这样一个故事……

04

俊哉很是困惑,因为一个初中同学突然约自己见面。

实话实说,俊哉和他的关系很一般。除了姓甚名谁,就只知道他父母开了一家医院,家里条件很好。

同学让俊哉去的就是他家名下的大医院。

在前台报上姓名后,俊哉被带进一间会议室模样的房间。

等待片刻后,同学与一名中年男子走了进来。

同学本就寡言少语,也不跟人进行眼神交流,就知道低着头扭扭捏捏。

"哟！"俊哉打了声招呼，同学却全无反应。

"幸会。你就是在医大上学的德川俊哉同学吧？"中年男子说道。

"啊，对，您好。"

"我叫石田岩，是石田健人的父亲，"岩略略压低嗓门，"你没告诉别人要来这儿吧？"

"嗯，因为健人叮嘱过我，千万不能让别人知道。"

"好，酬金方面应该也跟你通过气了吧？"

"嗯。"

"这是定金。"岩递来一张支票。

支票上的金额相当可观，恐怕俊哉辛辛苦苦干一辈子都挣不到那么多钱。

"事成之后，再付你同样金额的尾款。"

俊哉只觉得眼冒金星，所幸没有丧失理智。"您到底想让我做什么？违法乱纪的事情我是绝对不干的。"

"放心，我委托你做的事情不算犯罪。哦，如果对方闹上法庭，说不定会构成犯罪，但我们是不会露馅的。"

"您到底想让我做什么？"

"那就不绕弯子了。我想请你以某种特殊的形式替考。"岩如此说道。

"替考？您是想让我替健人去考试？这……我们长得一点都不像啊！"

俊哉身材修长，细胳膊细腿。健人却是个不折不扣的胖子，可谓是五短身材。

"长相并不重要，关键是内在，"岩说道，"不，说'内在'也不太对。算是内在的表面吧。"

"您到底想说什么？"

"你知不知道，近年的升学考试跟我们那个年代有很大的不同？"

"听说以前会考很多需要死记硬背的知识点。"

"没错。"

想当年，大部分升学考试测试的是考生的记忆力。然而在"大遗忘"之后，测试记忆力的考试退出了历史舞台。因为再也没人能靠自己的本事记住东西了。脑外记忆装置的问世也加剧了这种趋势。装置会帮人们记住一切必要的信息。只要你想记住，就永远都不会忘记，无须付出特别的努力。评判记忆力的考试越来越没有存在的必要了。考试的侧重点变成了广义的"解决问题的能力"，好比观察力、逻辑思考力和决策力。

"如今已经没有针对记忆力的考题了。但我认为，记忆与考试结果的好坏并非全无关系。"

"此话怎讲？"

"每个人的思维都有独特的模式。写小论文也好，做数学题也罢，这种模式都会有所体现。换句话说，只要掌握良好的思维习惯，就有可能提高考分。在我看来，存储在记忆中的不仅是单纯的知识，还有如何运用这些知识的诀窍。"

"不是说程序记忆是会留在脑子里的吗？"

"程序记忆是关于运动的记忆，好比怎么骑自行车，又好比怎么游泳。解题思路之类的东西应该不会留在脑内。"

"这是已经被证实了的学说吗？"

"不，是我的一贯主张。"

"所以是假设？"

"嗯，就算是假设吧。"

这人怎么突然扯起了考试结果和记忆的关系？他到底想说什

么？不是在讨论替考的问题吗……

"您刚才说，想让我替考？我是不可能代替健人去考试的。我们的长相差太多了，考官一眼就能看出来。"

"不，去考场的是健人，所以理论上不会有任何问题。"

"可……那您怎么会提起'替考'呢？"

"准确地说，换的不是人，而是记忆。"

"什么意思？"

"你成功考上了医科大学。"

"对。"

"我儿子却连着五年名落孙山。"

"有所耳闻。"

"你们之间的差距，其实就在于记忆条。你的记忆条里有升学考试的诀窍，健人的记忆条里却没有。"

"您是说，我和健人在学习成绩上的差异，都是记忆造成的？"

"没错。"

俊哉有种被冒犯的感觉。岩仿佛是在指责他"耍赖"。简直岂有此理。

"退一万步讲，就算解题诀窍是存储在记忆条里的，您就不觉得那些诀窍是记忆条的所有者靠自身努力构建起来的吗？"

"嗯，这话没错。可那又如何？"

这人是听不懂人话吗？

"差距不是一开始就有的。我是通过自身努力，把记忆条培养到了那个境界。"

"那又如何？"

俊哉愈发怒火中烧。

"您为何不好好教育健人,让他也努力把记忆条培养成那样呢?"

"这又何必?"

"不是您自己说的吗?不把解题诀窍存在脑外记忆装置里,就必然做不出考题。"

"确实。"

"既然如此,您就不觉得健人应该再努力一点吗?"

"我还真不这么觉得。因为这里有一根现成的记忆条,装满了解题的诀窍,无须再付出任何努力,"岩指着俊哉的记忆条说道,"我们不想努力,只想花钱买努力的结果。"

哦,原来他是这个意思。

"这是我的记忆条。"

"我知道。"

"您要我把它借给健人?"

"没错,你无须亲自替考。我们不过是想在考试期间借用你的记忆条罢了。"

这人是想用钱购买个人努力的结果,好不傲慢。然而,他开的价钱也确实很有吸引力。

"难怪您刚才说的是'以某种特殊的形式替考'……可这种行为显然是不正当的啊!"

"是吗?我认为这种行为处于灰色地带。问题不在于人,而在于记忆条。其实不同厂商、不同型号的记忆条本就有性能层面的差异,可升学考试并不会考虑这方面的因素,不是吗?"

"毕竟原则上考的是考生本人的能力,而非记忆条的性能。"

"去考试的还是健人,你只需要借记忆条给他就行了。记忆条中的数据也是记忆条性能的组成部分,就跟硬件里的软件似的,你不觉得这个比喻很贴切吗?"

"听着……好像是有几分道理。"

"我向你保证,即使东窗事发,你也绝对不会受牵连。还是说……你不满意我开的价?"

俊哉对金额全无不满。然而,这是能轻易答应下来的事吗?

他琢磨起来。

俊哉长年使用这根记忆条,里面存储着他的种种经历。真能随随便便把这样一件东西转让给别人吗?

不,不是转让,只是暂时借给别人用一下。记忆条里的数据确实贵重,但法律对复制数据有严格的限制,所以不必担心里面的东西被他人拷走。只要从健人身上拔出来,再等个十分多钟,那些记忆就会完全从他的大脑中消失。

而且我也不会实际"参与"替考。说到底,去参加考试的还是健人。

"好,我可以把记忆条借给你们,仅限于考试期间。"

"多谢,你可算是答应了。"岩紧紧握住俊哉的手。

"定金我就收下了。"俊哉将支票塞进口袋里。

"麻烦你考试当天一早来我家交接记忆条。"

岩似乎松了口气,对俊哉笑了笑。健人却仍低着头,一脸焦虑。

考试当天,俊哉如约前往石田家。走进客厅一看,岩和健人已恭候多时。

"你们都先把记忆条拔出来,放在桌上。"岩说道。

俊哉拔出位于下巴下方的记忆条。健人的记忆条在右太阳穴处。

"就这样等二十分钟,确保你们的短期记忆都消失了再插入。"岩说道。

俊哉对岩的安排并无异议。因为他不希望自己的记忆被健人的记忆所污染，反之亦然。

眼前是自己的脸。

而且，那张脸正在尖叫。

"怎么了？"岩问道。

"啊啊啊啊啊啊……"俊哉模样的人喊道。

"你这是怎么了，德川同学？都没法正常说话了吗？"岩皱起了眉头。

"这……这……这里还有一个我！"俊哉模样的人惊呼。

"那是健人，不是你。"

"我……我才是健人啊，爸爸！"

顶着俊哉面孔的人从椅子上站起来，惶惑不安地走了起来，显得心神不宁。

"冷静点！"岩抬高嗓门道。

"我……我……"

"睁大眼睛，看看那面镜子！"岩抓住俊哉模样的人的肩膀，将他转向墙上的镜子。

俊哉模样的人顿时一声惨叫，原地蹲下。"完了！完了！爸爸救我啊！"

"呵，你是在模仿健人，想拿我开玩笑?!"岩很是烦躁地说道，"健人确实有点窝囊，可你当着我的面模仿他，看着真叫人不爽。"

"不，爸爸……"俊哉模样的人终于抽抽搭搭起来。

"都让你别模仿健人了！！"岩差点扑上去揍他。

"住手！他不是在开玩笑。我们这一代人的脑子里没有所谓长期记忆，记事全靠记忆条。他认定自己是健人，我也认定自己是俊哉。"

"什么叫'认定'？你难道不记得自己是健人吗？"岩惊愕不已。

"在逻辑层面，我明白自己就是健人，但我只有俊哉的记忆，不觉得自己不是俊哉。"

"可你就是如假包换的健人啊。我这个当爹的都这么说了，还能有错？不过……太棒了。你竟然可以这么条理清晰地阐述自己的观点，这才是真正的你吧，健人！"

"那是……俊哉啊……"俊哉模样的人抽泣着说道，"我也觉得……自己是健人啊……爸爸……"

"谁是你爸啊?!臭小子，别来恶心我!!"岩对他咆哮道。

"怎么会这样……爸爸从来都……不对我发火的……"俊哉模样的人似乎受了很大的打击。

"看一眼都反胃。"岩狠狠地瞪着他。

虽然别扭得很，但眼下这情形，还是别顶撞岩为好。然而，他确实对健人的过往一无所知，也确实觉得自己就是俊哉。那就姑且当自己是俊哉吧。至于那个顶着俊哉皮囊的青年，就当他是健人好了。这样想的话，就能少困惑一点了。只不过，岩恐怕不会接受这套逻辑。

"那我先去考场了。再磨蹭下去，就要迟到了。"

"也对，我安排车送你过去。"

"那我就在……自己的房间等你吧。"健人抽噎着说道。

"自己的房间？你指的是健人的房间吗？"

"是啊……"

"你是不是傻啊?!你一个陌生人，凭什么待在这栋房子里，还以我儿子自居?!一想到家里进了外人，我就恶心得要命。你给我滚出去！别让我在考试前看到你！"

"可……我能去哪儿啊……"

"我哪儿知道！你自己想啊！！"岩咬牙切齿道。

他明明是为了帮儿子考上大学才找了俊哉，此刻却表现得格外强横。不难想象，他肯定是一个对儿子非常溺爱的父亲。此时此刻，俊哉体内的健人肯定困惑极了。

健人就这么被轰了出去。

俊哉则坐车赶赴考场。

考试容易得出乎意料。毕竟这所大学的水平比俊哉就读的大学低得多，考题简单也算是理所当然。不过健人的能力似乎完全达不到这所学校的要求。这么看来，岩的假设兴许还真有那么几分道理。

走出考场，只见石田家的车已恭候多时。

"快开回去吧，不把记忆条换回来，我就浑身不舒服。"

"关于这个……"司机说道，"好像发生了一点意外情况。"

"怎么说？"

"可能需要您再忍耐一段时间。"

"你们当初可不是这么说的啊！这算怎么回事？"

"我只能说到这里了。更具体的，麻烦您稍后直接问院长吧。"

回到石田家一看，岩笑脸相迎。"考得怎么样啊，健人？"

"还行吧。话说健人呢？"

"胡说什么呢，你不就是健人吗？"

"我的意思是……存储着健人长期记忆的记忆条在哪儿？"

"哦，你问那个啊……是这样的，他出了点意外。"

"意外？"

"发生了一起不幸的事故,这也是常有的事。"

"什么样的事故?"

俊哉心头一慌。

"电车事故。据说德川同学在想心事的时候,一不小心摔下了站台。"

俊哉震惊不已,蹲在了地上。

"怎么了?你和德川同学也不是特别要好啊。"

"我……我被电车……"

"不是你啦,是德川同学。你不是好好的嘛。"

"我……德川同学伤得重吗?"

"这个嘛……只怪他运气不好吧。说是摔下去的时候,恰好有一辆特快列车经过站台。"

"到底伤得怎么样?!"俊哉吼道。

"怎么说呢……人都散架了。"

"难道四肢都被撞断了?"

"车是从躯干上轧过去的。岂止是撞断了,简直都成一摊肉酱了。"

脑海中顿时浮现出散落在铁轨上的头颅、四肢和肉酱般的内脏。

"哕……"俊哉当场就吐了出来。

"哎呀,听着是怪吓人的,可木已成舟,我们也无法挽回了。"

这都不重要。关键在于,我失去了本该返回的身体。我到底该怎么办?我必须把这副身体还给健人。到时候,我的精神又该去哪里呢?

"那健人的……我的记忆条呢?"

"原来那根记忆条?你关心那玩意干什么?那就是个废物,都没能激发出你的潜力。"

"可那根记忆条里,装着石田健人迄今为止的人生。"

"不过是一堆数据而已，又不是你人生的本质。你会上那所大学，取得优异的成绩，接我的班。这才是你的人生。人生不在过去，而在未来。"

这话听起来积极向上，到了俊哉耳中却显得无比空洞。他觉得自己仿佛侵占了别人的人生。或者说，是有人把别人的人生强加在了他身上。

"现在的我都不记得您是怎么养育我的，不是真正的自己。"

"要是父子之间的回忆真有那么重要，以后重新创造一些就是了。别纠结这些细枝末节。"

"请您告诉我，石田健人的记忆条到底怎么样？"俊哉执着地追问。

"坏了。"

"坏了？记忆条明明有特殊的金属壳，不会轻易损坏的。"

"但那根记忆条确实是坏了。半导体被撞得粉碎，不可能再修复了。"

"怎么会这样！我该怎么办啊！！"

"失去出生以来的所有记忆确实令人难过，但是福是祸，取决于你看待这件事的角度。你就不能当这是一个幸运的机会吗？"

"我从没有这么绝望过，实在不觉得自己有多走运。"

"你可是免费得到了一根已经调整到最佳状态的记忆条啊。这还不幸运吗？"

"免费？那张支票呢？"

"从严格意义上讲，那张支票确实属于德川同学，但他好像还没兑现。"

"只是没兑现而已，他家里人总会继承那张支票的吧。"

"严格来说是的，但德川同学的家人并不知道支票的存在，不是吗？搞不好它永远都不会被人发现。"

"可我觉得自己是德川俊哉啊。"

"那都是错觉。你的身体是石田健人的，你的灵魂也是。"

"灵魂？"

"对，灵魂。那才是你不朽的本质。"

那……这副身体里还有石田健人的本质吗？

俊哉在自己心中翻来找去，却没能在任何地方找到健人。

"我以后该怎么办？"

"这还用问吗？照常上学，毕业了就当医生。"

"怎么跟德川家的爸妈交代呢？"

"我也很同情他们，但事已至此，我们也无能为力了。他们下半辈子就只能指望关于儿子的那些回忆了。"

"俊哉的记忆明明就在这里……"

"告诉他们又有什么用？你是想当德川家的养子吗？我可以明确告诉你，德川同学的父母是绝对不会认你的。不只不会认你，搞不好还会当你是夺走自家儿子记忆条的仇人。要是他们要求你归还那根记忆条，你打算怎么办？就这么拱手让人吗？"

不行。离了记忆条，我就跟初生的婴儿没什么两样了。

"听着，绝不能告诉任何人你插着德川同学的记忆条。明白了吗？"

俊哉只得点头。

岩时刻都用对待健人的态度对待俊哉，就好像他真的认为眼前的青年就是自己的儿子。

俊哉却总也无法将自己当成健人。

健人房里的书本无法在他心中激起一丝涟漪。他还看了健人的相册和家庭录像，却也毫无感触，甚至全无印象。

父亲那边也就罢了，照理说母亲应该不知道儿子调换过记忆，完全有可能察觉到些许异常。但她只字不提，许是本就对健人漠不关心。

老熟人提起旧事，两边却是鸡同鸭讲……这样的情况比比皆是。俊哉只得谎称记忆条和插座之间接触不良，害得他失去了部分记忆。据说以前真有过这类事故，只是概率极低。

渐渐地，俊哉习惯了扮演健人的状态。当然，他并没有变成健人，自始至终都只是模仿。但岩似乎将俊哉的变化解释成"健人恢复了原状"。

日子一天天过去。俊哉走出校园，完成了培训，入职岩经营的医院，成了一名外科医生。

所有人都认定，他会是院长的接班人。

然而，那时的俊哉仍未完全接受自己的处境。拥有一家属于自己的医院确实值得庆幸，可这家医院本该由健人继承，没有道理交给俊哉。

但与此同时，他也能在逻辑层面理解自己就是"健人"，尽管没有一丝切身实感。只要还套着健人的皮囊，他就有继承权。问题在于灵魂。这副身体里的灵魂究竟是俊哉的，还是健人的？

一天，岩突然病倒。

起初人们还以为他只是劳累过度，谁知在精密检查中发现了恶性病变。再想办法治疗也来不及了。

医院各部门开始飞速推进新老院长的交接手续。

和自己有关的事情，在自己无知无觉的状态下迅速推进。俊哉不由得想起了替考后发生的种种。

岩的病情迅速恶化。

俊哉被叫到了岩的病床跟前。

"健人,那件事都过去多少年了?"岩已奄奄一息。

"大概十五年了。"

"当时你口口声声说,你觉得自己是德川俊哉。但现在回想起来,你肯定觉得那就像是一场梦吧?"

沉思片刻后,俊哉缓缓开口回答道:"不。说实话,我仍然无法相信自己是健人。"

"真的吗?"岩瞠目结舌,似乎相当惊讶。

"您没看出来吗?"

"我还以为……那都是暂时的错觉。"

"我只有德川俊哉的记忆。"

"但你后来应该积累了许许多多石田健人的记忆啊。"

"准确地说,是假扮石田健人的德川俊哉的记忆。无论堆多少新的记忆上去,埋在最深处的终究是德川俊哉的记忆。"

"为什么?为什么你偏要当自己是俊哉?"

"对不起。如果可以的话,我也想当自己是健人。可惜我做不到。"

"那健人究竟在哪里?我儿子的灵魂在哪里?"

"我不知道他的灵魂在哪里。也许还在我体内,也许去了极乐世界。但我很清楚他的记忆在哪里。是那场可恨的电车事故永远毁掉了健人的记忆。"

岩闭上双眼。泪水缓缓溢出眼睑的缝隙。

"天哪……我造了什么孽啊……"

"怎么了?"

"我是一片好心……我还以为,这样就能让你……让健人过上幸

_111

福快乐的日子了……"

"您是说继承医院的事情？那您大可不必介意……"

"不！只怪我太羡慕德川俊哉了。"

"您羡慕我什么？"

"照理说，德川俊哉跟健人也没有太大的区别，他却轻轻松松考上了名门医大，都没有复读。"

"不，我也付出了跟常人一样的努力。"

"我们家健人却连四五流的大学都考不上，复读了一年又一年。"

"学习这个事情嘛，确实要看天分的。天生不适合学习的人再怎么学都掌握不了的。"

"你……健人是这家医院的继承人。他必须当医生，没法抱怨自己不适合干这一行。"

"可不适合就是不适合啊。"

"我不愿相信健人的天资特别差。他只是没把记忆条调教好罢了。只要搞到一根调整得还不错的记忆条，他就能发挥出自己的全部实力。所以我在健人的朋友圈里物色了几个学习成绩特别好的……"

"于是就选中了我……德川俊哉？"

"我本想只换一天，考完就换回来。可你换了记忆条以后变化太大，让我深受震撼。"

"您在说什么呢？"

"你原来傻乎乎的，问什么都只会傻笑。谁知记忆条一换，你的神态都变了。我问什么都能对答如流，而且条理清晰。"

"这不是强人所难吗？"

"而插入健人记忆条的德川俊哉简直笨得不像话，言行举止跟平时的健人一模一样。正因为一模一样，我才格外厌恶他。一想到考试结束后,这种愚蠢就会回到健人身上,我就忍无可忍。我的儿子必须出类拔萃。如果可以的话,我真想把那份愚蠢永久地强加在德川俊哉身上……"岩的喉咙漏着气,发出"咻咻"的响声,"于是我就付诸实践了。"

"您说什么?"俊哉不敢相信自己的耳朵。

"德川俊哉和你只是普通的初中同学,而且都毕业很多年了。我也只是'初中同学的父亲'罢了。双方几乎没有任何交集。"

"什么意思?您不会是……"

"只怪我鬼迷心窍……回过神来的时候,木已成舟。我一心想要一个理想的儿子。就是这个念头,让我产生了毁掉那根瑕疵品记忆条的冲动。"

俊哉顿感头晕目眩。被列车撞得死无全尸的画面再次浮现在脑海中。与此同时,他对岩生出了激烈的愤怒与厌恶。

"岂止是记忆条!您是活活害死了一个人啊!"

"确实。本来我都忘了,是你提醒了我……是我杀了德川俊哉……杀了你的身体。"

"您不光毁了我的身体,也毁了健人——您儿子的心。"

"记忆是心吗?"

"……我不知道。但我一直都觉得自己是德川俊哉。让我这么想的是记忆,而非灵魂。"

"是我剥夺了健人的人生吗?"

"天知道。至少,我的……俊哉的人生是被您剥夺的。"

"当健人的人生又有什么不幸福的呢?院长的位置迟早都是你的。你要是继续当你的德川俊哉,就不可能拥有自己的医院,只能上一辈子的班啊。"

"幸不幸福我也说不清楚。但这并不是我真正的人生。"

"哦……这么看来,我是造了双重的孽啊……"

体征数值出现了变化。如果不及时进行治疗,他肯定撑不了多久。

俊哉伸手去按呼唤铃。

"别……"岩虚弱无力地说道,"再活下去也没有意义了……医院归你了……但是……如果……"

"如果?"

"如果你愿意给健人一个重拾人生的机会……"

"不可能的,他的记忆已经灰飞烟灭了。"

岩握着俊哉的手,力气莫名地大。

也许一切都是虚假的,但在过去的十五年里,这个人一直都是俊哉的父亲。他把俊哉当成自己的孩子,想方设法帮助他。他的所作所为确实是不可饶恕的,但俊哉不介意让他平静地走完最后一程。

俊哉也用力握住岩的手。

"书房桌子的第二个抽屉里面……"

"什么?那里藏着什么?"

岩松了手,再也没说过一句话。

抽屉里面藏着一件令人始料未及的东西。

脑外记忆装置。

肯定是健人的。当年岩谎称记忆条已彻底毁坏,却在暗中取回了它,存放在这里。

事到如今,已无法知晓岩有何用意了。

但俊哉可以理解他在生命的最后时刻将此物托付给自己的意义。他是想让儿子重拾属于自己的人生。

俊哉摸了摸插在自己身上的记忆条。

这根记忆条本不该插在这里。它的主人被残忍地杀害了，永远离开了这个世界。而加害者也已经去世了。除了俊哉听到的那番话，没有任何证据。就算揭露真相，说当年的事情不是意外，而是蓄意谋杀，也无法改变既成事实。而且他还得承认自己当年参与了作弊行为。

健人的记忆条就在眼前。它本该插在这副身体上。如果保持现状，他就无法当自己是健人。但只要插入这根记忆条，这副身体就能成为真正的石田健人。健人继承这家医院是天经地义的。将这根记忆条插回正确的地方，似乎也是正确的选择。他应该这么做吗？

俊哉带着记忆条来到屋外，缓缓打量这栋房子的花园。

这些年，我一直都把这里当自己家。

然后，他走出院门，漫步于这座城市。

细细想来，我好像从来都没有仔细观察过自己居住的这座城市。一旦插入健人的记忆条，身为俊哉的我就会从这个世界上消失。这是我最后一次欣赏街景了。

俊哉信步城中，享受风景。

他坐在河堤上，远眺在水面嬉戏的水鸟，看着看着，心情渐渐平静下来。

是时候了。

俊哉从口袋里掏出健人的记忆条，细细打量后，他闭上眼睛，深吸一口气。

然后睁开眼睛。

决意已定。

俊哉把那根记忆条扔进了河里。

好险，好险……要是把这副身体交给健人，而他决定不再使用我的记忆条，那可就太惨了。

这副身体已经是我的了。不，应该说，这根记忆条已经是我的了。

我以健人的身份考上了大学，当上了医生，积累了那么多年的经验，眼看着就要就任院长了。这个时候换回健人的记忆条，我就会灰飞烟灭。身体被岩夺走了不说，连精神都要拱手让给健人。到时候，健人将不费吹灰之力得到院长的位置。也许这本就是属于他的未来，可什么都不付出就得到那么多，世上哪儿有这样的好事？更何况，他是杀人犯的儿子。当然，我不该把他父亲的罪孽算到他头上。可"凶手的亲人夺走被害者的一切"是我无论如何都接受不了的。

我不打算把自己一手建立起来的东西拱手让人。

因为这是由我自己开辟的，也应该由我来走的路。

05

"假设这个世界的一切都是我的幻想好了。"我没有回答对方的问题，继续说道。

"这么想是你的自由。"

"也许这里的天空与地面，天地间的空间，充满其中的空气，点缀空气的天气，周围的人和你，都不是实际存在的东西。"

"也许是吧。"

"也许我的身体也是不存在的。"

"因为你的身体是世界的一部分，与世界的其他部分相比并没有什么特别之处。"

"那么我的心呢?我的心也不存在吗?"

"这我就不知道了。"

"没错,你不知道。但我知道。我在怀疑一切的存在。这种怀疑的主体肯定是我。因此,至少我是存在的。"

"一如笛卡儿的哲学命题,'我思故我在'。"

"遵循先人的道路总不会错的。"

"但你的逻辑未免有些粗糙。谁证明过'思者必然存在'这一命题呢?"

"用逻辑学忽悠我就免了吧。"

"你是承认自己刚才说的话不符合逻辑了?"

"这不是一道证明题。'我在思考'这一事实只有我知道,但这足以让我知晓自己确实存在。"

"然后呢?你要如何展开自己的推论呢?"

"我知道自己是存在的。与此同时,我也在用五感感知这个世界。也就是说,我感知到了来自我之外的某种东西。那个东西不同于我的心。换言之,在我之外确实存在一个世界。但我所感知到的世界的模样不一定正确。"

"哦……看来你认为,你可以区分自己的内外。"

"我当然可以。区分自己和自己以外的东西又有何难。"

"那你要是在自己之外发现了另一个自己,又会如何解释那种现象呢?"

"多荒唐啊。二重身也好,灵魂出窍也罢,都不过是无稽之谈。"

真的吗?

我被自己的话绊住了。

世上只有一个我,不可能存在另一个自己。即便身体可以替换,我的精神终究只有那么一个。我不可能存在于自己之外。

真的吗？

然后，我想起了一个故事。

06

阳菜还以为，这只是一个有趣的玩笑。

双胞胎经常闹出这样的笑话。

刚在床上苏醒时，连她自己都无知无觉。过了一会儿，她才注意到身上的细微差别，好比黑痣和旧伤疤的位置。

这是妹妹阳香的身体。

阳菜坐起来，照了照病房里的镜子。

果然像极了。要不是知道那是阳香的脸，搞不好自己都看不出问题。也许会隐隐觉得哪里不对，可旁人要是告诉她"是你搞错了"，她也会信。

原来我们姐妹俩长得这么像啊……阳菜暗暗感叹。

也难怪技师会搞错我们的记忆条。

阳香肯定也醒了，也意识到了自己的身体变成了阳菜的。

还真不一定。阳香有时候还挺迟钝的，搞不好还没注意到呢。要是真没发现，那可就太糊涂了，连身体换过了都浑然不知。

嘿嘿，我偏不主动提醒她，看看她什么时候才反应过来。要是见面以后，她还稀里糊涂的，我就使劲笑话她。

多有意思的玩笑啊。

几天前的早晨，阳菜接到了阳香的电话。这可不是常有的事。

"什么事啊，一大早的……"阳菜睡眼惺忪地接了电话。

"还没起来啊？都十点半啦。"

"休息日睡懒觉又不犯法……"

"今天是星期三，哪里是休息日啊。"

"星期三就是我定的休息日。全是不点名的课，只要期末考能过就行了。"

"好羡慕你啊，可以去离家远的地方上大学，过无拘无束的日子。"阳香阴阳怪气道。

"你不也能考个远一点的学校吗？"阳菜也略感不爽。

"我是因为家附近恰好有我想做的事。"

阳香经常念叨阳菜过得太自由自在。"你也可以过自由自在的日子啊"——阳菜总是如此反驳，却又觉得两边鸡同鸭讲。阳香似乎并不羡慕阳菜，而是希望阳菜能变成她那样。阳菜却完全不能理解阳香的这种思路。

小学低年级时，她们总在一起玩耍。但随着年龄增长，两人交流的机会越来越少了。阳菜考上大学之后搬了出去，姐妹俩就这么疏远了，平时全无交流，只有阳菜回家探亲时才会说上两句。

"找我什么事啊？"阳菜言归正传。

"我收到了脑外记忆装置厂商的通知。"

"脑外记忆装置？什么玩意？"

"就是插在我们后颈上的那个。"

"哦，你说那个啊，我都忘得一干二净了。"

"毕竟刚出生就插上了，一直都没拿出来过，谁会天天惦记着呢。再说了，我们的记忆条是插在后颈上的，平时也看不到。"

"厂商说啥了？"

"说我们的记忆条是残次品。"

"难怪……"

"什么难怪？"

"难怪你那么蠢。"

"你用的也是一样的记忆条好不好。"

"我的脑子性能好着呢，不碍事。"

"我们是同卵双胞胎，大脑的设计图是一模一样的。"

"我锻炼脑子的方法跟你不一样……我们的记忆条有什么毛病啊？"

"说是别的用户的记忆条出了故障，暂时连不上大脑，导致了长达几分钟的失忆状态。"

"那岂不是很要命吗？"

"真出了这种问题是很要命啊。不过他们说，按目前的统计数据，出故障的概率在千万分之一到百万分之一之间。"

"比中彩票的概率都低得多吧？"

"是啊，否则我也不会这么淡定了。"

"然后呢？"

"厂商会给我们换新的。虽然出故障的概率无限接近于零，但考虑到记忆条的重要性，他们还是希望谨慎行事。"

"那是要我们把记忆条寄去某个地方吗？"

"这么要紧的东西，怎么可以邮寄呢？再说了，没有了记忆条，我们要怎么过日子啊？"

"那怎么办？"

"他们让我们去一趟工厂附属的医疗机构，在那里替换记忆条。"

"可……换了新的记忆条，岂不是会失去所有的记忆吗？"

"只换外围电路,半导体存储器继续用原来的,说是三十分钟就能换好了。"

"你说的医疗机构在哪儿啊?"

"就在我们家附近。"

"啊?那我岂不是得回趟家?"

"是啊。我打算约这个星期天,你要不要一起啊?"

"为什么非要一起去啊?"

"也不是非要一起啦,只是事关记忆条,手续还挺复杂的。妈妈也说翻来覆去填差不多的表格太麻烦了,让我们一道把手续办了。"

"哦……原来是这样。好,那我星期天回去一趟。"

一挂电话,阳菜便急忙收拾起了回家的行囊。

阳菜本以为"工厂附属的医疗机构"会是建在深山里的研究所,没想到映入眼帘的却是坐落于城区的开放设施。

她在大堂领了厚厚一摞表单,填写了必要的信息。两个人要是没一起来,搞不好还挺麻烦的。需要填写的内容无关痛痒,但有些项目回忆起来格外费劲。两个人一起填的话,一半的内容就能照抄了。

她们花了一个多小时填写表单,然后被带去了不同的房间。

房间里的护士开始讲解操作流程。"有一小部分人会在拔出记忆条时陷入恐慌,所以我们一般是在麻醉状态下操作的。当然,如果您希望全程保持清醒的话,不麻醉也是可以的,您看呢?"

"我倒是无所谓……不过万一我到时候吓得大吵大闹可就太尴尬了,还是打点麻药吧。"

"好的。"

护士为阳菜注射了麻醉剂。刚躺下没多久,她就失去了意识。

苏醒后，阳菜觉得有些不对劲，随即意识到自己的身体是阳香的。这也是她第一次认识到"调换记忆条"意味着什么。那感觉更近似于"调换身体"，而非"调换记忆"。不用硬把自己当阳香，继续当自己是阳菜吧。我身体里的阳香肯定也是这么想的。

技师简单测试过后，阳菜这边就完事了。

她直接去了大堂。她与阳香约好了在大堂碰头。

只见大堂里坐着一个和自己长得一模一样的女人。她们本就是双胞胎，所以阳菜早已习惯了这种画面，但这一次感觉有点奇怪。同卵双胞胎的脸也不是完全一样的。眼前那张面孔，并不是她见惯了的阳香的脸，而是阳菜的脸。照理说，自己的脸也是在镜子里见惯了的，但平时看到的都是左右相反的镜像，眼前的画面与镜像也有些许不同。好奇怪的感觉。

更诡异的是眼前的这个人。该当她是谁呢？身体属于阳菜，记忆却属于阳香。无论当她是妹妹还是自己，感觉都不太对。

没辙，就当她是带引号的"阳菜"吧。毕竟在她们之外的旁人眼里，她肯定是如假包换的"阳菜"。

按这套逻辑，自己应该是带引号的"阳香"，可这个称呼太别扭了，所以阳菜决定继续当自己是不带引号的阳菜。

阳菜盯着"阳菜"的脸。

她会说什么呢？我是不会主动提醒的。

"阳菜"也盯着阳菜。

哟，不打算主动开口吗？行啊，看谁耐心好。

"干吗盯着我的脸看啊？"最终，"阳菜"率先开口。

"呃……"阳菜犹豫了一下，不知该怎么回答，"我就是感叹，我们长得可真像。"

"你反射弧也太长了吧？我们是双胞胎啊，长得像不是理所当然的吗，阳香？"

哦？来这招？

阳菜有点蒙。她没想到"阳菜"会是这个反应。她本以为，"阳菜"要么是意识到两人的身体对调了，陷入恐慌，要么就是浑然不知，压根没发现身体换过。她做梦也没想到，竟会出现第三种模式："阳菜"认定自己就是阳菜。

这走向还挺出乎意料的嘛，阳香。但我也不会就此认输的。

"等等，阳菜，"阳菜决定假扮阳香，"你说你买好回程票了，但今晚应该会回家住吧？"

"不住了，我明天还有课，今天就得走，吃过晚饭就出发。"

我确实是这么计划的。你是什么时候做的功课啊？

算了，没关系。反正这个笑话也只能开到今天晚上了。

我很有把握。在你投降之前，我是绝对不会主动说出来的。

晚餐是和父母一起在家吃的。跟父母说话的时候，"阳菜"表现得跟真的阳菜一样，演技相当不错。阳菜也想尽力模仿阳香，但总觉得别扭。

我平时不住在家里，所以"阳菜"的演技稍微粗糙一点也不容易露馅。但阳香一直都住在家里，我的举止有一点点不对劲都会被看出来。她有很大的优势，我的处境则相当不利，真不公平啊。

"怎么啦，阳香？怎么都不说话呀？"母亲问道。

"没什么……"我瞥了"阳菜"一眼。她并没有特别的反应。莫非她是想摆扑克脸？"就是有点不舒服……"

"怎么了？感冒了？"母亲面露忧色。

"是不是好一阵子没见着阳菜了，兴奋过头了？"父亲说道，"就是累着了吧。"

"大概只是麻药的药效还没完全过去吧。"为了让父母放心，阳菜信口胡诌。

"阳菜，你就没什么感觉吗？"阳菜向"阳菜"发问，想试探一下对方的反应。

"我？""阳菜"歪着脑袋想了想，"好像没有啊，是不是因为个人体质不同啊？"

"你们俩的体质还能不一样吗？"父亲说道。

"同卵双胞胎的体质也会在后天因素的影响下出现差异的，""阳菜"说道，"糟了，都这么晚了！"

"还真是，再不走要赶不上车了。"母亲催促道。

"那我走了啊。""阳菜"起身说道。

"啊？"阳菜吃了一惊，"你真要走啊？"

"瞧你这话说的，阳菜不是早就说了今晚就得走吗？"母亲说道。

"怎么了？突然舍不得了？"

"那倒不是……"阳菜盯着"阳菜"的眼睛。

你真要走？

"干吗？有话跟我说吗？""阳菜"无忧无虑地问道。

"你确定？"

"确定什么？"

"你没在开玩笑？"

天知道她在想什么，不过看这架势，阳香似乎打算利用插错记忆条这个机会，以阳菜的身份过下去。可她为什么要硬来，都不跟我商量一下呢？

"就这样过一阵子?"

"阳菜"盯着阳菜的眼睛看了片刻,默默点头。

直觉告诉阳菜:

她肯定有什么苦衷。

她都来不及跟我商量,可见情况非常紧急。好吧。当姐姐的,有义务在关键时刻帮妹妹一把。趁机卖个人情给她也不错。

"好吧,那就好好过你的日子吧。在你联系我之前,我也会努力过好这边的日子。"

"阳菜"没有回答,低着头出了家门。

那晚过后,"阳菜"杳无音信。

阳菜有好几次差点主动联系"阳菜",但转念一想,在对方没联系自己的时候主动找过去怕是不妥。也许妹妹是陷入了进退维谷的窘境,无法与自己联系。尽管阳菜无法想象"阳菜"正置身于怎样的窘境之中。

阳菜继续以阳香的身份度日。

阳香就读于家附近的一所职业学校。阳菜可以根据阳香留下的记事本和电脑里的东西大致勾勒出她的生活。阳香不是那种会精心设置密码的人,所以阳菜不费吹灰之力就看到了电脑里的文件。说不定,是阳香为了方便阳菜,提前撤销了密码。

话虽如此,在没有任何思想准备的情况下突然假扮另一个人还是相当费神的。阳菜只能通过对照网上的信息和朋友的照片搞清谁是谁,竭尽全力掩饰,以免在对话时露出马脚,并尽可能避免社交活动。

奈何阳香的朋友隔三岔五就主动找她。他们把阳菜当成了阳香,压根没考虑过"阳香逃避社交活动"的可能性。阳香貌似参加了好几个志愿者社团，而且是每个社团的核心人物。

阳菜一直觉得自己跟志愿者活动八字不合，从没有过尝试的念头。问题是，社友们一个接一个地跑来征求她的意见。

"话说这次的敬老院慰问活动，我想搞成 K 歌大赛。你觉得选什么样的歌才能让老人家跟我们一起唱呢？"

"去灾区帮忙打扫卫生的时候，我们是应该带上所有人的盒饭呢，还是带食材过去现做呢？"

"下星期和残疾人朋友去露营的时候，如果他们的家属也来帮忙，你觉得我们该如何规定分工才能防止疏漏呢？"

阳菜终于明白阳香想做什么了。

当然，这并不意味着她能就此接受阳香的一切，但她至少可以接受双方在价值观层面的差异了。

阳菜不比阳香，不能百分之百满足社友们的要求，但她至少会努力维持阳香的名望。

阳菜几乎是在半摸黑的状态下扮演着阳香的角色。她终究无法给出准确的指示，所以自然而然发展成了和社友们一边琢磨一边推进的状态。

以前的我对阳香知之甚少。不，是我从未尝试去了解她。下次见到阳香时，我想围绕我们的价值观与她促膝长谈，就像小时候那样……

阳菜下定决心：在"阳菜"联系自己之前，自己只能继续像这样扮演阳香了。

几天过去了，"阳菜"却没有联系她。又过去了几个星期……阳菜回过神来才发现，都过去好几个月了。

突然，有人联系了阳菜。但对方并非"阳菜"，而是记忆条厂商。说是手续上出了点差错，希望阳菜再去一趟那家医疗机构。而且厂商反复强调，请阳菜、阳香姐妹务必一同前往。

阳菜觉得麻烦，但又想试探一下"阳菜"的想法，于是便联系了她，约好了同去的时间。

许久未见的"阳菜"给她留下的印象与以往并无太大的不同。但不知为何，"阳菜"似乎在躲着她。最终，姐妹俩还没说上几句像样的话，就走进了医疗机构的大门。

她们被带去了一处接待室模样的地方。

片刻后，一个女人和两个男人走了进来。

房间里的气氛很是凝重，搞得阳菜心里"咯噔"一下。

三人进门后深鞠一躬。"我们的失误给二位造成了极大的困扰，非常抱歉！"

双胞胎听得一头雾水，目不转睛地盯着他们。

"先把这个还给二位。"女人递来一根记忆条。

"这是什么？""阳菜"问道。

"阳香小姐的脑外记忆。"

阳菜和"阳菜"看了看对方。

"这话是什么意思？"阳菜问道。

"半年前维护的时候，我们拿错了记忆条。"

阳菜蒙了片刻，随即反应过来。

问题绝不是"对调记忆条"那么简单。阳菜的记忆条被插入了阳香的身体，而阳香的记忆条则留在了这里。

阳菜心头一凛。那插入"阳菜"体内的记忆条又是谁的？

你究竟是谁？

"你究竟是谁？""阳菜"率先发问。

"我还想问你呢！"阳菜如此回答。

"你说什么呢？阳香的记忆条明明就在这里，所以你的人格肯定不是阳香！你到底是谁？""阳菜"继续追问。

"我是说，阳菜的记忆条被阴错阳差插进了阳香的身体！所以我一直以为你那里插着阳香的记忆条。可阳香的记忆条在这儿，那你就不可能是阳香。你是谁？"

"你瞎扯什么呢？我一直都是阳菜啊，你别胡说八道！"

"啊？你是不打算把身体还给我了吗？天知道你是从哪儿冒出来的，反正你是从一开始就想强占我的身体吧！"

两人站了起来，一副下一秒就要开打的架势。

"等一下！！"女人喊道，"请二位先听我们解释！"

"不搞清楚眼前这人究竟是谁，我哪儿还有心思听你们说话啊！""阳菜"说道。

"别抢我的台词好不好！"

"是阳菜小姐。"女人说道。

"我知道！""我知道！"姐妹俩异口同声。

"二位都是阳菜小姐。"

"啊？""啊？"两人面面相觑。

"不好意思，还没做自我介绍……敝姓音林，是新品研发小组的组长。"

"能不能解释一下这到底是怎么回事？"阳菜问道。

"就是一个小小的失误，没想到给二位造成了非常大的困扰……"音林对男同事做了个手势。

相关资料显示在屏幕上。

"这是二位原本使用的ADDR1024G脑外记忆存储装置。这款产品的外围电路和用于存储的半导体芯片的结合点存在瑕疵，有可能导致功能失效。"

"你们之前不是说，只有外围电路有问题吗？""阳菜"问道。

"半导体芯片也受到了影响。但法律规定，这种情况是不允许更换半导体的，所以就无法更换记忆条了。"

"为什么还有这种法律啊？"阳菜也问道。

"要更换半导体，就必须复制记录在其中的内容。但记忆数据是一种人们尚未分析透彻的未知信息。科学家们一致认为，记忆数据的存取只应在人脑和记忆条之间进行，而不应在记忆条和记忆条之间进行，这是因为人们担心人格数据在没有人脑干预的情况下自行发展。所以脑外记忆存储器在硬件和软件上都施加了多重限制，严格防止复制。"

"但我们的记忆条，半导体都有瑕疵吧？"

"按照法律，即便半导体有瑕疵，也是无法更换的，但我们若是对这种瑕疵放任不管，公司就会蒙受极其严重的损失。如果用户频繁出现记忆障碍，公司就会信誉扫地，无法再开展相关业务。所以我们对外宣布，半导体本身没有瑕疵，故障仅限于外围电路。"

"也就是说……你们欺骗了公众？""阳菜"说道。

"是的。但我们原以为可以在隐瞒半导体也有瑕疵的前提下搞定这个问题。只需要把瑕疵品半导体中的数据复制到正常的半导体中，再替换一下就行了。连用户本人都不会有所察觉。"

"什么？你是说，你们擅自复制了我的记忆？可你刚刚不是还说记忆数据是不能复制的吗？"阳菜说道。

"我们公司的产品留了后门——可以绕开安保设置。"

"那不是违法的吗？"

"确实不合法，但我认为每家厂商应该都留了。"

"可复制出来的记忆就不是原来的记忆了，是冒牌货吧？"

"就是原来的记忆，没有任何区别，所以是真的，不算冒牌货。"

"那我们哪个人身上的记忆条是真的，哪个是副本？"

"都是真的。"

"我知道你觉得副本也是真的，但我想问的是哪一根才是原件。"

"二位使用的都是副本，并非原件。"

"你是在开玩笑吧？""阳菜"说道。

"技师操作失误，复制了两次。再加上二位碰巧是双胞胎，技师交付的时候就把两根相同的副本错当成了二位各自的记忆副本。"

"那原件在哪里？我的原始记忆在哪里？"

"非常抱歉。同时存在多份相同的记忆是很容易闹出纠纷的，所以我们已经销毁了。"

"你们这算是湮灭证据吗？"阳菜说道。

"您要是真这么想，我们也认了。"

"我真正的记忆没了？"

"这方面您大可不必担心。因为我们交付的记忆条和原件是完全一样的。换句话说，它也是真的。"

是吗？就这么接受厂商的说辞真的好吗？

"那为什么要把我们叫来这里？你们不会是想杀人灭口吧？"

"怎么会呢，我们又不是穷凶极恶之徒，"音林平静地说道，"只是想恢复原状罢了。"

"什么意思？"

"就是恢复到失误之前的状态。"

"你又没法让时间倒流……"

"完全恢复当然是不可能的,只能尽可能朝原先的状态靠拢。"

"具体怎么操作?"

"我们会归还阳香小姐的记忆条。二位只需归还阳菜小姐的记忆条的其中一个副本即可。"

"这样一来,我们手里就有了一根阳菜的记忆条和一根阳香的记忆条。但这算哪门子的'恢复原状'呢?阳香会觉得自己突然穿越到了半年后啊。"

"阳香小姐起初肯定会感到困惑,所幸只有半年的空白,不至于闹出大问题。要是中间隔了几十年,适应起来恐怕就相当困难了。"

"我们也不能随随便便答应你们吧。你们打算怎么补偿我和阳香的精神损失呢?"阳菜说道。

"等等,凭什么是你和阳香?明明是我和阳香。""阳菜"插嘴道。

"哎呀,先别纠结这个,否则就乱套了。"

"我们公司会赔偿二位的精神损失,"音林将两张支票摆在姐妹俩面前,"一人一张。"

两人瞠目结舌。支票上的金额足够她们逍遥快活好几年了。过得稍微奢侈一点都不碍事。

她们伸手去拿支票。

"如果二位再答应我们一个要求,赔偿金额可以翻倍。"

"什么要求?"

"保守秘密,不把这件事说出去。"

"要是我们食言了呢?"

"那就只能请二位全额返还赔款,并支付等额的违约金了。稍后会给二位看合同的。"

"这么多钱,我们哪儿付得起啊?"

"当然，二位也可以选择不签合同，但这么做意味着两败俱伤。我们公司会损失很多，二位也占不到便宜。到头来，没有人从中受益。"

"我明白，"阳菜说道，"你心里也有数吧？"

"嗯，那是当然。""阳菜"如此回答。

"那可否请二位签署合同？"

"有阳香的合同吗？""阳菜"问道。

"有的，换回记忆条之后再请她签字。"

"哦……那……""阳菜"似乎被说服了。

"等等！"阳菜连忙阻止，"我们先商量一下。"

"还用商量吗？当然是拿钱更合算啊。"

"我要跟你私下商量！"阳菜态度强硬，"你们能不能稍微回避一下？"

"好的。二位商量好了再打内线电话叫我们好了，拨'一'就行。"说完，音林便与两个男同事离开了房间。

"难怪我回学校前你表现得那么奇怪……""阳菜"说道。

"那你当时为什么点头呢？"阳菜问道。

"还不是因为你突然说了些奇奇怪怪的话，搞得我心里发毛，都不敢跟你顶嘴……"

"都怪你故弄玄虚，害我想多了。"

"这话我要一字不差还给你。你到底想商量什么啊，阳香？""阳菜"问道。

"我才是阳菜。"阳菜说道。

"现在你身上插着我的记忆条，所以你才会这么想。等换回了原来的记忆条，你就会想起来了。"

"关键就在这儿。让他们还回阳香的记忆条是理所当然的，可问题是,我们也得归还其中一根阳菜的记忆条啊。"

"是得还掉一根啊,留着两根阳菜的记忆条也没用。"

"那我问你,你打算还哪根?"阳菜鼓起勇气问道。

"啊?这还用问吗?当然是你那根啊。""阳菜"似乎结结实实吃了一惊,看来她完全没想到对方会这么问。

答案果然不出所料。

但阳菜无法坦然接受。

"还了我这根,我的人生就没了啊。"

"不会的,你的记忆条是用我的记忆条复制出来的,两根是一模一样的,所以只要留一根就行了。"

这不是问题的关键。

"六个月前确实是这样没错。但在过去的六个月里,我经历了与你不同的人生。"

"还不是因为他们搞错了嘛,这也没办法啊。反正也就六个月而已。"

"你还没认识到问题的严重性。我不光会失去过去的半年,还会失去今后的所有人生啊!"

"我不明白你在说什么。阳菜的身体在我这里,今后也会继续用阳菜的记忆条。阳香的身体在你那里,过一会儿就能用回阳香的记忆条,继续过阳香的日子。两个人都没有失去人生啊。"

"阳菜"说得并没有错。"阳菜"将继续使用阳菜的记忆条,不存在任何问题。阳香则会换回属于阳香的记忆条。她的人生会出现六个月的空白,但这也是没有办法的事情。有了记忆条厂商的赔款,兴许就能咽下这口气了。

可我呢?

阳菜心想。

站在"阳菜"的角度看,我就是如假包换的阳香。在换回阳香记忆条的那一刻,这副身体的记忆就会恢复原状。然而此时此刻,我依然觉得自己是阳菜。这种感觉是无法用逻辑扭转的。如果把现在插在我身上的记忆条还给厂商,它肯定会被立即销毁。我生命中的六个月也会随之永久消逝。此时拔出这副身体上的记忆条,阳菜的意识就会在十多分钟后消失殆尽,再也不会醒来。从某种角度看,这与死亡并无不同。

以阳香的身份参与志愿者活动的经历也好,想与阳香交心的感慨也罢,都会消失得干干净净。只有那个没经历过这些的"阳菜"才能活下去。

阳菜顿感毛骨悚然。

今天会是我的死期吗?不想死,就必须说服"阳菜",达成一致。

"举个例子吧,"阳菜开口说道,"假设有一群人在编辑一份文档。文档放在网上的共享文件夹里,谁都能随意访问编辑。各路人马都会对它进行修改,不断更新版本。"

"这年头,行政工作都是这么搞的吧。"

"假如你某天试图访问这份文档的时候,恰好有另一个人正在编辑它,可你无论如何都想趁现在修正里面的错误。遇到这种情况时,你会怎么办?"

"我大概会先把文件复制出来,在副本里改吧。只是需要提醒自己,事后别忘了把改动反映到原始文件里。"

"可要是你不小心把副本放在了同一个文件夹里呢?后来的人会对这两个文件进行各不相同的改动,最后就会得到两份总体上非常相似,但细节差异很大的文档。"

"这也是常有的事吧。"

"你觉得一旦出现这种情况，只要一咬牙一跺脚，删掉其中一个就算完事了？两份文档可都是大家的心血结晶啊。"

"我明白你的意思了。你觉得随着时间的推移，两根记忆条生出了差异，形成了各自的个性，是吧？那你打算怎么办呢？不换回阳香的记忆条吗？那可不行。你有你的人生，阳香也有阳香的人生。阳菜不能独占两副身体啊。"

"阳菜"的观点依然挑不出错。

阳香是无辜的。她不过是来机构维护记忆条，人生却因此骤然而止。如果不把阳香的记忆条插回她的身体，她就跟死了没什么两样。如果我决定继续使用阳菜的记忆条，那就意味着阳香在那一刻迎来了精神层面的死亡。而做出决定的我，无异于杀人凶手。

没错。要么自己去死，要么当杀人犯。我面前只有这两个选项。

阳菜简直无法呼吸。

救命……救救我。救救阳菜。救救阳香。

"阳香当然是无辜的！"阳菜喊道，"可我也是无辜的啊！！"

对啊，我也没错。阳香也没错。"阳菜"也没错。我们都是无辜的，却必须有人赎罪——赎没有犯过的罪。

"我知道，可阳菜只能有一副身体啊。"

"那就把你的记忆条还给他们，把我身上的记忆条插你那儿。"阳菜说道。

"……啊？""阳菜"目瞪口呆，"你在说什么呢？"

一不留神，真心话脱口而出。

明明只是想让她想一想，如果她站在我的立场要怎么办……

不。"两人立场相反"这句话本是毫无意义的。因为两根记忆条的内容是相同的,哪怕换一换,后续发展也不会有丝毫不同。

"……如果我这么说,你会怎么办?"阳菜换了个更柔和的问法。

必须想办法说服她。可我能拿出什么提议呢?

我们俩要在阳香缺席的情况下举行审判,给她定罪不成?我有勇气将她葬送在黑暗之中吗?

"我不能归还这根记忆条。因为这是我的……阳菜的记忆条。"

"但我这里也有一根阳菜的记忆条,阳菜的人生是不会中断的……这套说辞也无法说服你,不是吗?"阳菜说道。

"你的意思是,我和你已经不再是同一个人格了?""阳菜"问道。

"没错。所以我们不能抹杀其中的任何一个。"

"但阳香的记忆条还摆在这儿啊。身体只有两副,人格却有三个?可三个人是不能同时活着的。"

阳菜怔住了。

没错,三个人是不能同时活着的。双胞胎已经变成了三胞胎,但能同时活着的只有其中的两个。

我不想死。也不想杀人。

阳菜想不出一个"自己不用消失"的理由。想得救只有两条路可走,要么立刻摧毁阳香的记忆条,要么先抢来"阳菜"的记忆条,再将其销毁。但"阳菜"就是她自己,阳香则是血脉相连的妹妹。手心手背都是肉,她都不忍心杀死。

"真没办法可想了……""阳菜"沮丧地说道,"要不猜拳?谁输谁消失?""阳菜"开起了玩笑,许是为了粉饰心中的绝望。

如果这真是能用猜拳、抽签决定的事情,那该有多轻松啊!可我们并不是在玩鬼抓人和捉迷藏。小孩猜拳输了,也不至于当一辈子的"鬼",总归是大家轮流当的。可我们不一样。输一次,便万劫不复,永远都不会有人替你。

真的吗?

对啊,还真不一定!那就意味着,我们还有一条路可走。

无论是阳香,还是以阳香的身份度过这半年的阳菜,都可以活下去的路。

"也不是一点办法都没有!"阳菜两眼放光,"仔细听我说……"

"把两个半导体芯片装在一个壳子里?"音林似乎吃了一惊。

"对。"阳菜说道。

"记忆条是无法合二为一的。因为记忆时刻都在被改写,说两根记忆条几乎没有相同的部分都毫不夸张。如果强行合并,所有的数据都会损坏的。"

"不是让你们合并,""阳菜"说道,"我们是想分享。"

"分享?两人分享一根记忆条?在理论层面并非完全不可行,可我不认为这样能解决问题啊。"

"不,你误会了。不是两副身体共享一根记忆条,而是两根记忆条共享一副身体。"阳菜说道。

"可一个人是不能同时访问两根记忆条的,这样会导致大脑负荷过重,记忆条也会过热的。"

"我们也没说要同时访问啊,""阳菜"说道,"轮流访问就是了。"

"轮流?"

"这也没什么技术难度吧?只需要内置一个定时切换的开关就行了。"

"二位的意思是……?"

"我们决定轮流使用阳菜的身体,一天一换。"

"请稍等……"音林擦着额头上的汗,跟下属们商量了一下,

_137

"非这样不可吗？技术上确实很容易实现，但我不确定这样合不合法……"

"你们要是不答应，我们就不签合同，找媒体爆料。"

"好吧，我去请示一下领导，"音林大概是觉得，说服公司高层比说服她们更容易一些，"亏二位能想到这个法子。不过这意味着……人格是会一天一换的，这样真的没问题吗？"

"放心吧，应该不会变成多重人格那样的，因为我们本来就很相像。"

"嗯，像得跟一个人似的。"

阳菜和"阳菜"相视一笑。

"我到现在都不敢相信我们经历过那种事呢，"阳香对阳菜说道，"话说你今天是哪个阳菜啊？"

"假扮你的那个。不好意思啊，我在那半年里没能像你那样经营好社团。"

"没人说你做得不好啊。"

"怎么会呢。大伙来征求我的意见的时候，我都给不出准确的指示，只能跟他们一起摸索，一点方向都没有。"

阳香笑了。"那不是跟我一模一样嘛，难怪没人发现我们换过。"

"不会吧……我还以为你总能第一时间做好自己该做的事呢。"

"我哪儿有这么厉害啊，我们的能力本就差不多嘛。"

"也是，我们是真的很像呢。"

"嗯，像得跟一个人似的。"

阳菜和阳香相视一笑。

07

我为什么能想起各种各样的故事?

我很是纳闷。

"怎么了?怎么突然不吭声了?"

"我想起了形形色色的人生。"

"这也很正常,因为人在一生中会经历形形色色的事情。"

"我想起的不是'人生中的形形色色',而是'形形色色的人生'。"

"是你的朋友或熟人的人生吗?"

"也许是,也许不是。"

"如果你想起了和自己并无交集的人的人生,那八成是在书上或其他地方读到的吧。"

"不,不对。不是客观看到或听到的,那些记忆仿佛是我的亲身经历。"

"肯定是错觉。"

"也许是错觉吧,但我实在不觉得那是错觉。"

"那是怎么回事呢?"

"我只能认为,是我自己经历了形形色色的人生。"

"你是说轮回转世?"

"有点像,但好像不是那么回事。"

"既然你经历过不一样的人生,那就肯定是轮回转世。"

"我觉得自己似乎并没有真的经历过别人的人生。"

"此话怎讲?"

"我不是别人的转世,而是重走了一遍别人的人生。"

"也就是说,你还是你,你在这一前提下重走了别人的人生?"

"我也说不清楚，但感觉这种解释是最准确的。"

"而且你确信，那不是错觉？"

"是的。"

"你知道为什么这些奇怪的事情会发生在自己身上吗？"

"不知道。但你知道，不是吗？"

"我只能帮你。你必须自己找到答案。我随随便便告诉你就没有意义了。你必须自己去发现，自己判断是非。"

"是非？什么的是非？"

"那也是你必须自己寻找的答案的一部分。"

"怎么跟禅修问答似的，捉摸不透。"

"对，心本就是难以捉摸的。"

"你要我判断一个难以捉摸的东西的是非？"

"没错。人生中总有一些必须做出抉择的瞬间，没法用'难以捉摸'当借口。"

必须做出抉择的瞬间……

我想起了这样一个故事。

08

直到一秒钟前，那还是一次全家其乐融融的自驾游。

车里坐着我自己、爱妻美月和我们的两个孩子——小悟和小彩。

经过一座桥时，突然有一辆车从天而降。

当时，"从天而降"四字占据了我的脑海。后来才听说，那是一辆超速行驶的车。为了甩开警车，它疯狂加速，结果越过了中央隔离带。

但事后了解到真相，也没有任何意义了。

一辆车从天上掉了下来，这便是我的第一反应。

那是一辆红色跑车。它落地后反弹起来，直直撞向我们的车。

我不知所措。

开车时，我总是牢记"安全第一"。遵守信号灯与停车让行标志就不用说了，开到可能有危险的地方时，我也会仔细确认周遭的情况。然而，愚蠢之人的行为总能超出良善之人的想象。我万万没想到，竟有人因为惧怕罚款和吊销驾照，做出置自己和他人的生命于险境的决定。

但那都是借口。只怪我没能在一瞬间认清现状，没能采取正确的行动挽救家人的性命。

据说红色跑车越过中央隔离带后，不到一秒就迎头撞上了我们的车。我却觉得这一秒无比漫长。眼看着跑车缓缓靠近，好似慢动作影片。

然而，我的手脚都僵住了，动弹不得。心与头脑也成了一团乱麻，不知该做什么。不，应该说，我甚至没有想到"必须做点什么"。

一种情绪主宰了我的意识——恐惧。

比起失去自己的生命，更令我恐惧的，是失去心爱的家人。

如果我及时踩下刹车，或者打方向盘，也许全家人都能得救。可事到如今，再后悔也没用了。

我可以清楚地看到，那辆跑车的引擎盖缓缓逼近我们。

我还与跑车的司机四目相对。

对方面无表情。但那也许只是过度恐惧造成的面部肌肉僵硬。

对方看到的我恐怕也是如此。

后排的妻子美月扭动身体,下意识地护住身旁的小悟。她朝着明确的目的采取了行动,比我强多了。只可惜,她的行动无果而终。

车头相撞。

几乎感觉不到冲击。只见车身从前端逐渐变形。

谢天谢地,好像没出大事。

谁知这个念头刚冒出来,车上的所有人就被狠狠推向前方。

据说出车祸时,副驾驶座乘客的死亡率最高。想到这里,我悔不当初。就不该让小彩坐前排的。刚满五岁的她非要坐前面,我们拗不过她。

不过我后来得知,这份后悔也是离题万里。

我和小彩被气垫按在了座位上。两辆车旋转着交换动能,最后被抛向与来时相反的方向。

我们的车狠狠撞上大桥护栏,差一点就冲出去了。

我不知道自己昏迷了多久。清醒过来才发现,自己还坐在车里,浑身是血。胸口到腹部有一道又长又深的伤口,鲜血汩汩。

望向身侧,小彩已不省人事。

我伸出瑟瑟发抖的手,探了探她的呼吸和脉搏。

都很平稳。

我松了一口气。

但还没到放心的时候。因为车里弥漫着汽油味。

本想看看美月和小悟怎么样了,可后排竟空无一人。

恐慌袭来,令人窒息。

我咬紧牙关驱动腹肌,逼自己呼气,恢复呼吸。

后排没人,肯定是因为他们已经逃出去了。当务之急是保住小彩。

我解开女儿的安全带。就在这时,我注意到插在她膝盖处的记忆条碎了。

我急忙收集起记忆条的碎片。但无论从哪个角度看,修复的希望都十分渺茫。

在此期间,汽油迅速泄漏。

我决定将小彩的生命放在第一位,把她拽了出来。

才走了没几米,我们身后便传来一声巨响。

我和小彩被双双炸飞,记忆条的碎片也不知散落在了哪里。

我检查了小彩的情况。她虽然失去了知觉,但呼吸和脉搏依然有力。

我却已是奄奄一息,视野愈发昏暗。

"小彩!小彩!"我轻拍小彩的脸颊。

小彩睁开眼睛。

"爸爸?"小彩微微一笑,再一次闭上眼睛。

小彩还记得我,但这种状态维持不了几分钟了。四分五裂的半导体存储器已无法修复。小彩将插入新的记忆条,彻底失去这五年的人生。

到时候,她就不记得我了。

我看着自己的伤口,确信死亡会在几十秒内降临。

美月和小悟在哪里?

我牵挂着妻儿的安危。

不,他们肯定还活着。否则小彩的下半辈子,就只能在没有记忆和家人的状态下度过了。

深深的悲哀与愤怒将我笼罩。

为什么我没能避免这场碰撞?

如果美月活了下来,她将不得不孤身一人抚养刚上初中的儿子和永远失去记忆的女儿。

在逐渐远去的意识中,我绞尽脑汁思考帮助家人的方法。这时,我灵光一闪。

那也许是浮现在混沌意识中的妄想。但我别无选择,只能抓住这根救命稻草。

我能感觉到,自己的心脏停止了跳动。

没时间犹豫了。

我用已然麻木的双手,拔出插在头顶的记忆条。

回过神时,眼前是瘫倒的自己。

我缓缓起身。

我的身体,变成了小彩的身体。

我的记忆条插在了小彩的膝头。我们全家用的是同款记忆条,不查看刻在内部的序列号是无法区分的。

我闭上眼睛,在心中寻找小彩残留的碎片。然而,小彩已经不在了。

片刻前,她靠着最后一抹记忆,看着我喊了一声"爸爸"。

我们以父女的身份道过别了。想到这里,泪水夺眶而出。我的小彩已经不在了。

我轻抚自己原来的身体,检查脉搏。

心跳已经停了。考虑到失血量,十有八九是救不回来了。

是不是应该姑且做些急救措施呢?但这副身体属于一个五岁幼童,根本无能为力。

过了一会儿，救护车的鸣笛声从远处传来。

我看了看原来的身体佩戴的手表。距离车祸发生，已经过去了足足十分钟。

我耐心等待救护车到来。

急救队员赶到现场后，立刻检查了我原来的身体。

"呼吸心跳停止。失血量这么大，恐怕……"队员之一说道。

"嘘！"另一名队员看了我——小彩一眼，做了个手势让队友闭嘴。

"小妹妹，身上没撞疼吧？"急救队员柔声问我。

一时间，我想不出符合幼儿身份的回答，只得默默点头。

"告诉叔叔，你叫什么名字呀？"

"大槻彩。"

"你爸爸叫什么名字呀？"

"大槻智也。"

"车上还有其他人吗？"

"妈妈和哥哥。"

老天保佑，他们一定要平安无事啊。

"小彩，跟叔叔上救护车做个简单的检查吧。"

我和我原来的身体被抬上了不同的救护车。

急救队员通过无线电告诉其他人，车上还有两名乘客。

都过去二十多分钟了。响应速度也太慢了。

后来我才知道，事故发生后，警车立即通报了本部，但警方与急救部门的配合出了问题。这可能和发生车祸的那座桥恰好位于两县的交界处也有一定的关系。

到达医院后不久，我原来的身体就被宣告死亡了。

_145

医生没有直接告诉我——小彩,但只要竖起耳朵听听周围的大人说了些什么,就能大致猜到。

人们往下游找了两公里,终于在河滩上发现了美月和小悟。在车撞上大桥护栏的时候,他们被甩进了河里。

美月还有气,小悟身上却有被甩出来时造成的大裂口,身子都凉透了。

根据现场的蛛丝马迹,不难想象美月把小悟拽上岸以后拼命抢救了好一阵子。但她本人大概也在河里被石头撞了好几下头,最终昏死过去。

据医生说,小悟的肺里几乎没有水,可见他在落水前后已经断气了。因此,美月把他拽上岸的时候,他应该已经死了。

所以美月并没有过错。

我很犹豫,不知道该不该把这件事告诉她。照理说,我应该帮她减轻心理负担,但以智也的身份跟美月接触,无异于告诉她"小彩的心已经灰飞烟灭了"。

当然,这副身体的大脑是小彩的,就算脑中有智也的记忆,这颗心仍然是小彩的——这种观点也站得住脚。但我能切身感觉到,这里没有小彩,只有我。所以我绝不能跟美月说实话,必须在余生中扮演小彩的角色。

我有把握。孩子很难演好大人,大人扮演孩子却易如反掌。

本以为可以马上见到美月,谁知住院快一个星期了,我还是没见着她。

"我妈妈在哪儿?"我不动声色,反复询问。

"她的伤还没好呢。再过一阵子,你们就能一起回家啦。"许是出于同情,医生和护士都对我很和善。

我每天都过得不慌不忙，毕竟皮囊里装的是成年人。

住院期间，我注意到了几件事。

首先，我虽有知识，但大脑仍未发育成熟，所以我还无法开展复杂的思考。毕竟脑龄还只有五岁，拥有的知识再多，能力也很有限。

所以对现在的我而言，偷听大人说话并理解其内容都成了一桩难事。

综合大人们的言论，我猜到美月应该已经醒了，但一度陷入了精神错乱的状态。

这也难怪。儿子在她眼前断了气。失去女儿的记忆，也令我惊恐万分。

第七天早上，一名工作人员找到我说："小彩，妈妈今天要来接你啦。"

看来美月终于恢复了。不过难的还在后头。我必须在美月面前演好小彩这个角色。母亲的眼睛肯定比父亲的更为敏感，能捕捉到孩子的细微变化。

我必须谨慎观察美月的状态，但慎重过了头，表现得太不自然也不行。这将是一项极其艰巨的任务。我暗暗鞭策自己。

阔别七日的美月美丽如初。

我扮演了一个战战兢兢靠近母亲的幼童。

只剩一步之遥时，我停了下来，不知道怎么做才更符合幼童的设定。沉默将我们笼罩。

糟糕。幼童怎么会长时间静止不动呢，太不自然了。

"妈妈……"我决定先主动喊她一声。

美月一言不发，整个人仿佛冻住了一般。

_147

"妈妈……"

我该怎么办？怎么做才不会露馅？

"大槻太太，跟女儿说几句话吧。"工作人员提醒美月道。

美月好像终于回过了神。她舔了舔干燥的嘴唇，唤了一声"小彩"。

不知为何，我竟在呼唤中听出了试探。

这时我才意识到，美月同时失去了我——智也，以及小悟。不难想象她体会到了多大的丧失感。我也因为失去了小彩和小悟蒙受了巨大的创伤。

对美月来说，小彩肯定是她最后的希望。所以她才会害怕，不敢确认小彩的存在。不过一眨眼的工夫，她便失去了半个家。所以她不敢确定小彩还在，无比害怕确认这个事实。

我对美月也有同样的感觉，特别能理解她的感受。

可我要是也百般犹豫，不敢接近美月，那就没完没了了。

我又走了两步，一把抱住美月。

小彩是这么抱她的吗？明明看过好几百次，却愣是想不起任何细节。

美月仍然全身僵硬。

"妈妈……"我又喊了她一声。

美月终于有了反应。她紧紧抱着我说道：

"对不起啊，小彩。"

美月与我的生活就此拉开帷幕。

只不过，我原本是她的丈夫，这一次却要当她的女儿。

还好小彩还没到青春期，没有形成明确的人格，这也算是不幸中的万幸了。这个年纪的幼童本就是一天一个样，跟以往略有不同也不会太不自然。

岁月如梭。一转眼，小彩到了上小学的年纪。

一把年纪的人重学小学的东西简直荒唐透顶，但为了瞒住美月，我咬牙坚持了下来。

我几乎没有必要为了合群刻意拉低自己的成绩。毕竟如今的小学已经没有针对记忆力的考试了，考的都是解决问题的思路。成年人的经验当然可以赋予我些许优势，但这方面的优势并没有决定性的作用，天生的大脑能力才最关键。所以我的成绩一直保持在上等偏下的水平。

与同龄孩童的交往令我不胜其烦。小学低年级的学生还处于"没有发展出理智"的状态，简直与半兽无异。他们动不动就拉我去玩鬼捉人和捉迷藏。当然，陪孩子们玩上几分钟也不算难，可他们一玩就是好几个小时，而且每天都是如此。

起初，我硬着头皮陪他们玩。但一星期过后，我的耐心就突破了极限。我决定不再参与孩子们的游戏，坐在自己的位置看书。然而我也不能看面向成年人的书籍，只得挑选一些大人也看得下去的儿童书籍。

不知不觉中，旁人便认定我是一个"爱看书的内向女生"。事实上，我巴不得大家这么看我。只要有"爱看书"这个前提，就算我说几句偏成熟的话，或者在不经意间做出一些不符合小学生特性的行为（比如指出老师的错误、看政治经济方面的报道），也不会显得太不自然。

美月似乎不太关心我的成绩。我也不知道她是本就不注重孩子的成绩，还是因为在事故中失去了家人而变得暮气沉沉。

美月回公司上班了，但也许是受了车祸的影响，她好像无法再像以前那样在职场呼风唤雨了。她被调离了管理层，改做新员工从事的行政工作。她下班回家后时常发呆，说不定也是因为事业不顺。

在她面前，我尽力扮演一个活泼的女儿。美月在我面前表现得也比较开朗，但我有时会觉得她有些刻意，像是在演戏。有好几次，

_149

我都怀疑她是不是发现了小彩的人格换成了我，但始终无法确定。

上四年级后的某一天，我鼓起勇气问美月：
"妈妈，你是怎么看我的？"
"莫名其妙问这个干什么？什么叫'妈妈怎么看你'啊？"
"以前……爸爸和哥哥还在的时候，你好像不是这样的。"
美月似乎吓了一跳，但很快露出微笑。"变化有那么大吗？"
"我当时还小，可能是错觉吧。但我觉得你这些年好像经常苦思冥想，不会是在为我发愁吧？"
"为你发愁？妈妈为什么要为你发愁啊？"
"因为我……呃……我的举手投足不太像女孩子。"
"不太像女孩子？妈妈可从没纠结过这个。真要说起来，妈妈自己不也没什么女人味吗？"

还真是。美月最近总是素面朝天，对穿衣打扮也不那么上心了。但她毕竟要独自抚养一个孩子，没有闲心打扮自己也很正常。
"不会啊，"我摇了摇头，"你很有女人味的。"
"谢啦，"我从美月的笑容中读出了一抹寂寥，"哪怕只是恭维，妈妈听着都很开心呢。"
"妈妈，你不用太顾忌我的。"我下定决心。
"这话从何说起啊？"
"你要是有了中意的人，就尽管结婚去吧。我已经不是小孩子了，不会束缚你的。"

尽管我不愿承认，但我已经不是智也了，给不了她身为女人的幸福。所以我希望她能找到自己的幸福。能在一旁默默守护，我就心满意足了。

"我当你要说什么呢……"美月笑道,"你不用考虑这些。"

"可……"

"放心吧,我不会跟别的男人结婚的。你是太担心了,所以才来试探妈妈是吧?"

"不,我是真的……"

我真的没有试探她吗?我难道不是因为无法忍受妻子投入别人的怀抱,所以才故意怂恿,只为了确信她不会那么做吗?

总觉得,我没法再相信自己了。

校园生活也变得更加难以应付了,因为我的同学们都站在了青春期的门口。异性之间开始互相吸引。如果小彩是男孩,我还能借鉴过去的经验,演起来不至于太难。可惜小彩是个女孩。周围的女生都在起劲地八卦班上的男生,我却觉得浑身不舒服,仿佛她们在八卦的是我。我变得愈发孤僻,整日窝在教室的角落里看小说。

几年后,我升入初中。

从那时起,我遇到了一个问题:我的心里生出了一个小彩。但这并不意味着早已消失的小彩的记忆恢复了原样。小彩五岁之前的记忆已经完全消失了。然而在那之后,我一直都以小彩的身份活着,作为小彩的自我意识也变得愈发清晰了。

小彩五岁那年遭遇车祸后,我一直都在扮演她。然而,在生活的方方面面都要先思考"小彩遇到这种情况会怎么做"再付诸行动实在是太费神了。因此我决定在脑海中模拟小彩的思维。换句话说,我不是遇事时才琢磨"小彩会怎么做",而是时刻在心里模拟出一个"小彩",提前备好对应的言行。起初也很艰难,但习惯之后,这样反而轻松很多。渐渐地,我意识到自己不再用"智也的思维"了。智也的身体已经不复存在了。就算保留智也的思维，也无法反映在言行举止上。于是乎，我养成了平时用小彩的方式思考、行动的习惯。

一天，我忽然意识到，自己从早到晚一直都在以小彩的身份思考和行动，完全没有用过智也的思维。

我心生畏惧，只觉得自己的意识即将被占领。毕竟我顶着一副初中女生的身体，过着初中女生的生活，思维向初中女生靠拢也是理所当然的。几乎不存在容纳成年男性思维的缝隙。一不留神，智也的意识搞不好会烟消云散。

可这样有什么不好呢？一个初中女生拥有一颗初中女生的心，又能有什么问题呢？

我对如此胡思乱想的自己倍感惊愕。

再这么下去，我真会变成一个女孩。我没有任何合理的理由继续维持我的意识。那不过是单纯的求生本能。与此同时，我也觉得这副身体本就属于小彩，还给她也是天经地义的。归根结底，将自己的记忆托付给小彩本就是一种自私自利的行为，不是吗？我心乱如麻，终日惶惑不安。

是我对不起小彩，害得她不得不比普通的青少年面对更多的烦恼与煎熬。

某天放学后，一群男生向我走来。

他们似乎想把其中一个男生推到我跟前。

"别尿，大胆告诉她！"后方的男生轻声说道。

我已经猜了个八九不离十。

我平时已经尽量低调了，男生真是一刻都大意不得。

我没有理会他们，继续往前走。

"大槻！"那个男生喊道。

"干吗?"我故意没好气地回答,表现得很不耐烦。

"呃……"

"干吗啊,我很忙的。"

"这……这个星期日,要不要一起去看电影?"

果然是想约小彩出去。

想得美。小彩才刚上初中,没到约会的年纪。

我不理不睬,大步流星。

"别走啊,大槻!"男生抓住我的肩膀。

胆子不小啊,竟敢当着父亲的面约女儿。

"少给我嬉皮笑脸!"我一拳命中他的鼻子。

岁月如梭,我终于长大成人。

我几乎每天都当自己是个女人,像女人一样行事,我心中的智也已不再抗拒了。倒不是因为智也的意识减弱了,而只是因为我接受了"自己是一个年轻女人"的事实。当然,既不年轻,亦非女人的记忆仍留在我心中。但我意识到,被这些记忆困住是没有意义的。当年的我肯定是既不想让美月绝望,又不想失去小彩。既然如此,那我也许应该让小彩的身体走它本该走的人生路。

自己和小彩之间的界限已经变得模糊不清了。这也许是正确的,也可能是可怕的。但这两者之间的区别也朦朦胧胧。

十多岁后,我时不时建议母亲——美月再婚。虽然每次都被美月糊弄了过去,但我还是反复劝说。

成年后的某一天,我跟往常一样劝她再婚。

"妈妈无所谓,你自己呢?就没有个谈婚论嫁的人吗?"

美月的意见合情合理。照理说,比起人到中年,正要迈向老年的美月,年轻的我才更应该考虑婚事。

然而,我不可能跟男人谈恋爱,结婚就更不用说了。追求小彩的男人出现了一个又一个,但我一律不予理睬。我也希望小彩过上幸福快乐的生活,但智也的心无法忍受把男人当异性去爱的念头。话虽如此,小彩的身心又拒绝与女性恋爱。所以我一直都过着与恋爱无缘的日子。

"你就别担心我了,过两年我自然会找个合适的人嫁了。"我随口敷衍,试图安抚美月。

"你也不用勉强自己的。但如果可以的话,妈妈还是希望你能有一个幸福的家庭。你爸爸肯定也是这么想的。"

"爸爸肯定更希望你幸福快乐。"

美月轻抚我的头发。"你还记得吧?出事前,我们是一个幸福的小家。"

"嗯,记得。"

可惜那不是小彩的记忆。

"那场车祸毁了我们的幸福小家。所以妈妈希望,你能亲手把它找回来。"

"就算我结婚了,有一个幸福的家庭,那也是我的新家庭啊,无法取代我们那个美好的小家。"

"好吧,你做你想做的事吧。妈妈只盼你幸福快乐。你的幸福就是妈妈的幸福。只要你幸福了,妈妈就能相信,我们四口之家的一半并没有白白逝去。"

是啊。那场车祸让我们永远失去了家庭的重要组成部分,失去了我们心爱的两个孩子。此刻站在这里的小彩,并不是那时的小彩,而是那个幸福的小家破碎后诞生的另一个小彩。

光阴荏苒。我已到了不算年轻的年纪。

美月病了。医生说,她已时日无多。

车祸后,她一直孑然一身。

我本该作为她的丈夫,与她白头偕老,却没能履行自己的责任。

我心中的智也懊悔不已。

不,我至少把小彩留在了这个世界上。我至少让美月相信了小彩还在的谎言,这就足够了吧。

"我得跟你坦白一件事……"美月说道。

"怎么了,妈妈?"

"我一直都想告诉你,却总也开不了口……"

"你在说什么呢?"

"因为我知道,那些话会害你伤心……"美月凝视着我的眼睛。

难道美月早就发现小彩跟智也对调了,却一直瞒着不说?

我顿感眼前一片漆黑。这几十年究竟算什么?难道这一切都是一场闹剧吗?

"也许我们演了一场毫无意义的戏……"美月笑道。

我该怎么办?以女儿的身份送母亲最后一程?还是以丈夫的身份与妻子道别?

我茫然无措,说不出一句话。

"没关系……你不必再说什么了……"美月温柔地说道,"我写了一封信,回头记得看啊,就放在卧室的书桌抽屉里。"

我默默握住美月的手。

"可别被里面写的吓坏了呀。"

唉……你是怕我难过,所以才一直假装没发现吧。

"我累了,稍微休息一会儿。就一会儿……"美月闭上了眼睛。

_155

就此长眠不醒。

葬礼结束后，我拿起美月留下的信。

小彩：
  这封信里写的都是真的。你也许不愿相信，但证据很容易找到。
  事情要从那场可恨的车祸说起。
  也许你不愿回忆，但那件事对我们一家都很重要。
  撞上跑车后，你和爸爸留在了车里，小悟和妈妈却因为撞击护栏的冲击掉进了河里。而且小悟在被甩出车外的时候受了重伤，身体几乎被撕成了两半。医生说，他十有八九是当场断了气。
  河流湍急，妈妈的头多次撞到河里的石块。但这一段的记忆是空白的，反正也无关紧要。
  之后的叙述掺杂了许多推测。
  妈妈拼命抢救小悟，奈何河水湍急，迟迟没有抓住他。
  过了好几分钟，妈妈终于抓住了小悟。妈妈牢牢抓着那副没有生命的身体，拼命游向河岸。
  扑上河岸之后，妈妈奋力抢救几乎已被撕成碎片的小悟。
  内脏都露出来了。显而易见，小悟的生命已经消逝了。
  但妈妈无法放弃。
  妈妈继续对小悟冰凉的身子做心肺复苏。
  渐渐地，妈妈的意识也逐渐模糊。头部多次撞到岩石，造成了脑震荡。
  妈妈的手动不了了，她瘫倒在地。
  再这么下去，小悟会死的。

妈妈肯定是这么想的。

妈妈看着小悟几乎破碎的身体，拼命思考怎样才能让他活下去。

忽然，妈妈注意到了小悟背上的记忆条。记忆条里装着小悟这十二年的人生。

法律规定，死者的记忆必须销毁，否则会动摇死亡的定义，影响许多法律的执行。

可肉体死了，就可以销毁片刻前还活着的人的记忆吗？

至少，妈妈接受不了这样的结局。她在逐渐消失的意识中，找到了一个对策。

一个让失去了肉体的小悟继续活着的方法。

妈妈用几乎使不上劲的手，拔出了自己脚背上的记忆条。刚拔出记忆条的时候，脑子里还留有短期记忆，不影响她理解现状。

妈妈把自己的记忆条扔进河里。

由于手臂虚弱无力，记忆条掉在了近处，但河水带走了它。

接着，妈妈咬牙等待。

为了让小悟少受点苦，妈妈想尽可能削弱自己。

只要等上十多分钟，妈妈的记忆就会全部消失。可要是等记忆都消失了，妈妈就不记得小悟的记忆条了，鸡飞蛋打。

妈妈尽量不回忆过去，耐心等待自己的意识即将消失的时刻。就在她觉得自己已无法再维持意识的那一刻，她拔出小悟的记忆条，插入自己的脚背。

在失去知觉的片刻前，妈妈想起了爸爸。

那就是妈妈留在我心中的，为数不多的记忆碎片。

我在医院醒来。

我还隐约记得那场车祸。

记得自己拼命挣扎,想抓住小悟。

依稀记得自己为了拯救小悟的记忆,把自己的记忆条扔进了河里。

仅此而已。除此之外,我没有任何作为美月的记忆。童年的记忆也好,和爸爸结婚的记忆也罢,什么都没有。

作为小悟的记忆却完好地保留了下来。

为了保护我的记忆,妈妈从死去的我身上拔出记忆条,换到了自己身上。

"快救妈妈!"我在病房里大喊,"她还在那条河里!"

"冷静点,大槻太太,"护士按住我的身体,"您已经得救了,您的女儿也没事。"

"女儿?妹妹也得救了?那爸爸呢?"

"您的女儿没有大碍,可您先生和儿子……"

我立即意识到,护士提到的"儿子"是我。听她的口气,爸爸是不是也死了?

"不!我得去那条河里救妈妈……"

再这么耗下去,我就会同时失去双亲。

我下了床,甩掉护士,试图赶往河边。

别去!现在跳进那条河,你也会有生命危险的。你要活下去。不然我和你都会消失的。

妈妈残存的意识阻止了我。

她强烈希望我活下去。

当年我只有十二岁,但没过多久,我就认清了现状。

绝不能让别人知道我在妈妈的身体里。妈妈的意识如此告诫我。

我尊重她的意愿,继续假扮她。

然而,大人假装孩子容易得很,孩子假装大人却非常困难。医生们大概是觉得,我是因为事故的后遗症出现了暂时性的退行[1]现象。医护人员像照顾孩子那样细心关怀我。多亏了他们,我好不容易在一星期后出了院。

我的知识还停留在十二岁孩子的水平,智力本身却与成年人无异,所以适应现实的过程相对轻松。短短一个多月后,我就能几乎完美地假扮一个成年女性了。

你当年只有五岁,失去家人让你感受到的痛苦和孤独肯定远胜于我。

残存于我心中的妈妈想继续抚养你。

问题是,虽然旁人都当我是成年人,但我的心理年龄只有十二岁。一个十二岁的孩子,能抚养好一个五岁的孩子吗?我非常焦虑,但还是决定带着你一起回家。

你认定我就是妈妈。当然,我一直瞒着你,不让你知道妈妈的记忆已经消失了。因为我觉得,你当时更需要母亲,而不是兄长。

我本打算等你成年后,找个合适的时机道出真相。

然而如你所知,在你长大成人之后,我还是无法轻易坦白,就这样瞒到了今天。

刚变成妈妈的时候,我本想继续做她的工作,但那不是一个毫无经验的十二岁孩子可以胜任的。我别无选择,只能让公司把我调去工作内容更简单的岗位。

收入变少了,所幸有爸爸妈妈留下的积蓄,外加爸爸的人寿保险和肇事者的赔偿,手头还算宽裕。

不可思议的是,车祸前的妈妈几乎没剩下多少,但在假扮妈妈

---

[1] 亦译"退化""倒退"。防御机制之一。个体遭受挫折而无法应付时,会从人格发展的较高阶段退回到较早阶段,出现幼稚的语言和举动。

的过程中，新的妈妈在我心中日渐壮大。那个妈妈既不认识爸爸，也不认识小悟。她只是通过我的记忆，间接知道有这么两个人。

但那个妈妈无疑是你的母亲。

还记得你上小学高年级的时候劝妈妈再婚来着。当时我真的吃了一惊。

说实话，我从没考虑过结婚的问题。毕竟我心中的小悟是不会允许我跟男人结婚的。

我的婚姻并不重要。我反而有点担心你的终身大事。我一直在想，你迟迟没有结婚，会不会是因为我的养育方法有问题。

如果你是因为顾忌我才不结婚的，现在改主意也不迟。找个心仪的人，与他携手共度余生吧。

好像还有很多东西要写，但就先写到这儿吧。光这些，你怕是都得消化好久。

虽然没能走完大槻悟的人生路，但能用妈妈给的人生将你抚养成人，我也心满意足了。

愿你平安喜乐，一生顺遂。

大槻悟／美月

读完这封信，我惊愕不已。

他／她既是我的母亲，也是我的妻子，还是我的哥哥和儿子。

我头晕目眩，瘫倒在地。

我拼命隐瞒自己的真实身份，以致没能意识到早该发现的事实，蹉跎了几十年光阴。

我做了女儿的替身，妻子则把自己的人生让给了儿子。但我们永远都不会知道，自己的选择是对是错。

也许在车祸发生的那一天,我们全家都死了。美月和小彩失去了心,智也和小悟则失去了身体。

但换个角度看,我们全家人也算是齐齐整整地度过了之后的几十年。因为美月和小彩的身体活了下来,智也和小悟的心也继续以数据的形式存在着。

我在不知不觉中找回了我的家人,却又在不知不觉中失去了他们。我再一次失去了美月和小悟。

我哭了一整晚,然后下定决心。

我决定再要一个孩子。体外受精也好,代孕也罢,甚至可以直接收养,形式无所谓。然后给度过虚假人生的他/她一个机会,重新过回自己的人生。

我盯着手中的记忆条——美月/小悟的记忆条。

将故人的记忆条而非空白的记忆条插到新生儿身上,算轮回转世吗?

我没能找到答案。但我也不需要答案。

因为找回家人,根本不需要理由。

09

"死者的记忆……"我喃喃道。

"你说什么?"对方问道。

"死者的记忆。我想起来的是死者的记忆。"

"身虽死,魂不灭?"

"我也不清楚。但毫无疑问的是，人死之后，记忆依然存在。"

"既然记忆还在，那灵魂不也在吗？"

"我不知道灵魂和记忆是可以画等号的，还是完全不同的两码事。"

"如果记忆和灵魂是两码事，除了记忆，灵魂还有什么属性呢？"

"我也不知道，但记忆不一定就是构成身份认知的唯一元素。"

"可你凭什么说，换过记忆的人还是同一个人呢？"

"反过来呢？只要有相同的记忆，就算同一个人吗？"

"如果不是同一个人，那到底算什么呢？"

"如果身体和灵魂是不可分割的呢？如果把旧的记忆转移到新的身体里，灵魂也不再是原来的灵魂了呢？"

"照你的说法，身体的死亡就意味着灵魂的绝对死亡，但你接受得了吗？"

"不存在接不接受的问题。如果那就是真相，我们就必须接受。"

"如果身体之死就是灵魂之死，那我们的灵魂究竟从何而来？"

"最合理的解释是，它是随着大脑的形成自然而然产生的。"

"产生于何时？心的开关是何时开启的？"

"心没有明确的开启节点，就是在简单的神经元连接发展成复杂网络的过程中逐渐形成的。"

"你真的相信这套说辞吗？只会做复杂动作的机器和我们的心有着天壤之别。再精巧的人工智能也终究是人类编写的程序。它的所有行为都取决于基于某些规则的半导体开关的开闭。充其量不过是一长串'一'和'零'。这样的数字再多，里面都没有心。"

"很好。那就让我们假设心不会诞生于只会做复杂动作的机器好了。倘若真是如此，能够记录在半导体芯片上的记忆不也不是心吗？"

"记录并非心灵本身。只有在记忆与大脑相遇时，心才会诞生，灵魂才有落脚之处。"

是吗？记忆和灵魂是不可分割的吗？如果真是这样……

嗯，如果真是这样，是不是意味着没有记忆的人就是没有灵魂的呢？

然后，我便想起来了。想起了一群没有记忆的人的故事。

10

水科奈奈走在山间小路上，汗流浃背。

气温比山下要低，奈何天气晴朗，烈日炎炎，走起来相当吃力。

奈奈掏出口袋里的地图。

不知为何，在这一带使用电子仪器很容易出现干扰，东南西北都指不准，所以她这次特意带了纸质地图。而且她还抱有一丝希望：也许纸质地图比电子仪器更容易讨得村民们的欢心。

还有六公里。

奈奈喝了一口水壶里的水，拍了拍脸颊，给自己加油鼓劲，然后继续前进。

她很快就找到了村子的入口。看来村民们并没有刻意隐藏村子的存在。不过就算他们有意隐藏，恐怕也不知道该从何藏起吧。

村里只有一座大型建筑。据说那原本是一所学校。教学楼的墙壁爬满常春藤，形形色色的鸟巢缀满屋顶，鸟粪上长出茂密的杂草。学校周围有些许旱田和水田，鸡舍和狗窝零星分布。再往外便是郁郁葱葱的森林。

上头交给奈奈的任务是"劝说村民下山"。据说村子的所在地姑且算是本市的辖区，只不过连奈奈这个市政府职员都是头一回听说。

校门朽坏殆尽，只剩些许残骸。

奈奈跨了过去，来到教学楼的正门。

门口装了形似门铃的东西，于是她按了一下。然而，除了轻微的嘎吱声，什么都没有发生。

奈奈实在没辙，只得大声喊人。

"打扰了！我是市政府派来的，可以跟大家聊聊吗？"

等了一分多钟，无人回应。

犹豫片刻后，奈奈推开了门。

伴随着响亮的摩擦声，门扉开启。

霉味扑鼻而来。

门口连着一条昏暗的走廊，两边都是教室。

"打扰了！我是市政府派来的，可以跟大家聊聊吗？"奈奈重复了一遍。

等了一分多钟，还是没有任何回应。是再喊一遍，还是再往里走走，或者干脆打道回府？正犹豫时，其中一间教室的门缓缓打开。

一个老人走了出来，一脸莫名其妙地打量着奈奈问道："什么事啊？"

"是市政府派我来的，敝姓水科。"

"市政府？"老人脑袋一歪。

"您知道'市政府'是什么意思吧？"

"知道啊。你是市政府的人？"

"对。呃……请问您贵姓?"

"我?我姓森永。"

资料里确实提到了一个姓森永的人。据说他担任领袖的日子比较多。

"目前是您在领导这座村子吗?"

"啊?什么领导?"

啊……这下麻烦了。

"呃……森永先生,您知道这是哪儿吗?"

"这儿?"森永环顾教学楼,"我怎么会在这儿呢?"

"听说您是自愿来的。"

"自愿?"森永支起胳膊,"我不记得了,到底是怎么回事?"

"说来话长了……几十年前,人们出现了某种类似失忆症的症状。"

"失忆症?……啊!"森永拍手惊呼,"我是老糊涂了吧!"

"那倒不是……呃,这么说也行吧,但糊涂的人不止您一个,所有人都失忆了。"

要是能在他没搞清情况的状态下说服他,后面的事情就好办了。如果一切顺利,说不定能把他们直接带回城里。

"我怎么听不明白啊……"森永疑惑不解道。

"吵什么呢?"一个老妇人走出另一间教室问道。

"敝姓水科,是市政府派来的。"

"那你是哪位?"老妇人望向森永。

"我是森永,你是谁?"

"我叫千住千鹤子,"老妇人鞠了一躬,"话说这是哪儿啊?"

"你也老糊涂了啊?"森永很是无语。

_165

"不，你们都没得阿尔茨海默病，"奈奈解释道，"二位并不是特例，全人类都出现了一样的症状。"

"不对啊，"森永说道，"如果真是这样，你应该也有一样的症状啊。"

他没有记忆，但把握现状的能力极强。看来他当领袖的日子多也是有原因的。

"对，我也有同样的症状，但我有辅助记忆的装置，"奈奈将右耳转向他们，"这里插着一根小棍子似的东西，二位能看到吗？"

"能啊，那是什么东西？"

"用于记忆事物的装置。"

"也就是说，那东西是连着脑子的？"

"对。"

"听着怪瘆人的。"

"但多亏了这个装置，我们过上了正常无碍的生活。"

"哦……"森永说道，"你的意思是，我们这些人过的是不正常的生活？"

"没错。"奈奈松了一口气。

看这架势，对方应该很容易理解她的来意。

"插座装起来一点都不费事的，只要用最新的自动安装机，就可以自己动手装，一两分钟就搞定了。不知二位意下如何？"

"啊呀，怎么办呢……"千鹤子似乎很迷茫。

奈奈正要掏出包里的宣传材料。

"我不装。"森永说道。

"为什么？是我没解释清楚吗？"

"通过你的解释，我大致了解了我们的处境。总结一下就是，由于某种原因，全世界的人都患上了记忆障碍。如今大多数人都在靠那种瘆人的装置辅助记忆。"

"对。"

"但有一小撮人拒绝安装记忆装置。那就是我们。是这样没错吧？"

"没错。"

"我们拒绝安装记忆装置，总归有说得过去的理由。"

"应该是某种误会导致了对记忆装置的过度恐惧……"

"不。"

"啊？"

"我们拒绝安装，是因为那样太不自然了。"

"我理解您的抵触，但如今佩戴记忆装置才是常态。"

"天知道失忆是谁造成的，反正十有八九是某个蠢人的错吧？"

"是的，历史教科书上确实是这么写的……"

"你们是想靠机器抹去某人犯的错，假装什么都没发生过吧。"

"呃，话也不能这么说……"

"一遍又一遍，简直没完没了。一个文明犯了错，就用另一个文明的力量强行纠正，结果引出新的错误。重复这个过程又有什么意义？打破这样的连锁反应就是我们的选择，不是吗？"

"呃……"奈奈斟酌着用词说道，"我明白大家的想法，但记忆力是准确判断现状的重要前提。我还是建议大家装一下脑外记忆装置试试看，这样也有助于确认大家的判断是否正确啊。"

"不，那种装置就跟毒品一样。一旦装上就离不了了。"

"可是没有记忆，生活多不方便啊。"

"方不方便我不知道，但我们几个都活得好好的。这么看来，没有记忆的生活好像也不是很难。"

据推测,森永等人是在"大遗忘"后不久搬来了这里。不过当时的记录非常混乱,所以一切都只是推测。

总之,等政府部门反应过来的时候,这里已经形成了一个数十人规模的社区。

他们的初衷不得而知。也许他们起初只是想躲避"大遗忘"造成的种种混乱。

当时的政府部门也忙于应对接二连三的问题,无暇顾及这群定居在深山老林里的人。

待到脑外记忆装置问世,世界的现状逐渐明朗,人们才重新发现了深山中的村民。

市政府立即派遣职员,敦促村民安装脑外记忆装置。村民们却将来访者拒之门外,不理不睬。

他们坚决不肯将自己的部分大脑功能托付给机器。

渐渐地,他们便成了人们口中的"日本阿米什人"(阿米什人是基督教的信徒分支,拒绝使用电器等现代文明的产物)。不过,他们从不这样称呼自己。

市政府定期向村子派遣职员,但职员总也说不过村民,只得灰溜溜地逃回城里。

也有很多人认为,过那样的日子是他们的自由,随他们去就是了。

然而,放任不管会造成诸多隐患。

一方面是村民在逐渐走向衰老。村里有不少比森永更年长的人,称之为"老年人"也毫不为过。体力不济,又无法维持记忆。不难想象,这种状态在某些场合会造成致命的后果。

另一方面,在村里诞生的下一代也令人忧心。因为"大遗忘"

后出生的人没有任何长期记忆。这意味着他们会在一个与安装了脑外记忆装置的大多数人完全不同的心理环境中成长起来。他们有语义记忆（比如语言）和程序记忆（比如日用品的使用方法），所以日常生活应该没有大问题，可若是在这种状态下长大成人，天知道他们能否发展出高水平的精神世界。

访问村子的职员也找森永等老资格村民打听过新生代的情况，奈何他们根本不把职员放在眼里，甩下一句"没必要告诉你们"就把人打发走了。

职员们习惯了村民的冷漠。不知不觉中，他们对这座村子的事情也不那么上心了。例行公事地走一趟，劝村民安装脑外记忆装置，劝他们下山回城里住，村民没反应就拍拍屁股走人……这套流程已成惯例。就算拿不出像样的成果，也不会有人说什么。这项工作的性质本就是如此。

村子的负责人可以大致分成两种：一种人觉得走个过场敷衍一下就行了；另一种人则认为，工作必须有实质性内容。

所幸历任负责人基本都属于前者，所以没闹出过大问题。但偶尔也会出现第二种类型的人，把本就复杂的事情变得更加复杂。

而奈奈就属于后者。

在被断然拒绝的次日，奈奈再次赶赴山中的村子。
"打扰了！我是市政府派来的，敝姓水科，可以跟大家聊聊吗？"
"市政府？"老人歪着脑袋反问。
"您知道'市政府'是什么意思吧？"
"知道啊。你是市政府的人？"
"是的，森永先生。"

_169

"咦？你认识我？"

"嗯，因为我们见过面。"

"很久以前见过？

"不，昨天刚见的。"

"昨天？"森永支起胳膊想了想，"我倒是想说'你昨天没来过'……真是奇了怪了。我想不起来昨天的事了。我应该在家里，一边看棒球比赛，一边喝啤酒。可后来发生了什么，我就想不起来了。所以你说的也许是真的，是我自己不记得了。哦……我肯定是老糊涂了。"

"不，这是全人类共通的现象……"

后续发展一如昨日。

但奈奈并不气馁。她天天往村里跑，尝试了各种方法。她在这个过程中发现，如果从森永的爱好聊起，而不是一上来就聊记忆，森永的态度就会比较和善。他好像很喜欢钓鱼。于是奈奈做了不少功课，靠这一招成功抓住了他的心。

"打扰了！我是市政府派来的，敝姓水科。今天真是个钓鱼的好日子呀。"

"哟，你也爱钓鱼？"

先聊会儿钓鱼，再慢慢切入正题。

"您知道这里是什么地方吗？"

"这里？是哪儿来着？我怎么没印象呢。"

"是这样的……"

后续发展并无不同。

但奈奈还是没有放弃。她渐渐研究出了与森永之外的阿米什人打成一片的方法。例如，千鹤子爱好短歌[1]，所以她就从短歌入手。

还有爱看电影的、爱看小说的、喜欢打游戏的……奈奈都能投其所好，瞬间卸下众人的心防。

当然，前一天聊得再好，到了第二天又得从头来过，但奈奈的沟通能力确确实实上了一个台阶。虽说每次都得重新开始，但打成一片所需的时间越来越短了，她接触到的人也越来越多了。

渐渐地，她摸清了村子的运行机制。

为了弥补记忆的缺失，村民在各处贴上便条。

便条囊括了每一个动作所需的必要信息，比如"餐厅在一楼""米在下面的柜子里"……而且大多数房间里都贴着一张写有"大遗忘"梗概和建村目的的纸。但村民故意没有在奈奈第一次来访时进的那间离门口最近的房间贴，许是不想让假想敌——市政府职员看到自己的底牌吧。

奈奈惊讶于他们的精明。

她意识到，说服村民绝非易事。她决定先集中精力渗透进这个村子，融入他们之中。回头再想办法说服也不迟。

村民的生活方式很接近正牌阿米什人，大致上可以自给自足。他们在教学楼周围的田地里种植水稻和蔬菜，饲养家禽，去附近的河里捕鱼，砍伐树木加工成工艺品。但由于社区规模较小，总共只有百来号人，所以不可能实现方方面面的自给自足。他们会向外界出售工艺品和多余的农产品，用这份收入采购衣服、金属制品和其他物品。村里只有一台电脑，买卖物品全靠它。电脑旁边放着一本

---

[1] 和歌的形式之一。和歌为日本诗歌体之一，原有长歌和短歌等，短歌附在长歌后面，风格比较浑朴。后短歌单独发展，并取代长歌，风格渐趋纤丽。——编者注

简明易懂的操作手册，只要按上面写的步骤来，就能完成交易。

当然，机器终究是机器，每年好像都会出几次故障，但村民们会随机应变，妥善解决。有时候，他们也会打电话找专门修电脑的店，电话号码就贴在机箱上。

村民的年龄结构更偏蘑菇形，而非倒三角形。核心成员日渐老去，却极少有新的年轻成员加入。对"大遗忘"后出生的人而言，放弃记忆条就意味着舍弃自己一路走来的人生。做出这样一个决定的难度与自杀相当。奈奈甚至怀疑，新来的年轻成员是把加入这个社区当成了自杀的替代手段，但她显然无法证实。

他们和出生在这座村子里的人都没有所谓的"回忆"。他们的一举一动，都高度依赖程序记忆和备忘录。换句话说，过去对他们来说根本就不存在。可以毫不夸张地说，他们和拥有"大遗忘"前的记忆的老资格村民之间，有一道不可逾越的鸿沟。

在他们看来，连"过去"这个概念都是模糊不清的。对他们而言，"过去"就是十多分钟前发生的事情。他们认得"昨天""去年"这样的单词，但那些单词和"神""无限""虚数"一样，都是看不见摸不着的概念，没有切身实感。

"未来"也是如此。他们没有昨日的记忆，所以"明天"和"明年"也是同样没有实感的概念。当然，他们懂这些词语的意思，也解释得清楚。至于那些东西是否真的存在，他们似乎有些半信半疑。

老资格村民没有现在的记忆，但拥有截至"大遗忘"数十年的人生知识。这些知识对生存至关重要。年轻一代会说话，也能执行简单的操作，但他们不能记事，再简单的谈判都难以完成，也极不擅长预测未来。因此，他们无法理解"交易需要谈判"，也不懂得未雨绸缪。他们的日常生活岌岌可危，多亏了老一辈的指导才得以勉强度日。

奈奈就这样在阿米什村子泡了许多年。市政府几乎当她不存在。哪怕她每天都往村子跑,也没人指指点点。她已经好几个月没去过办公室了,却也没人联系她,让她露个面。搞不好办公室里已经没有她的工位了,但她无所谓。反正每个月还能正常收到工资,可见市政府并不认为她辞职了。不过,也许只是上头懒得办停发工资的手续。

奈奈接触到了村民的思想,与他们同吃同住,融入了村子的生活,但她无意成为他们的一员。从某种角度看,村民的生活确实很有意思,但她实在不觉得这样的生活有足够的吸引力让她加入。

上了年纪的村民接连离世。有些人是突然走的,但大多数人是病情逐渐加重,最后动不了了,于是被担架抬出了村子,放在离村子有些距离的地方,然后叫救护车去接。村民突然去世时,大家也会这么办。

总而言之,村里的老资格村民迅速减少。

几年后,指导年轻村民的人愈发少了。行为怪异的人渐渐多了起来。特别是在经常扮演领袖角色的森永被救护车送走后,情况骤然恶化。

突然有一天,村民们意识到:村里已经没有一个能跟外部供应商谈判的人了。

奈奈左右摇摆。

出手相助倒是不难。但作为市政府的职员,她一旦出手,便是越界。她的职责本该是解散这个社区,让村民重归社会。帮忙让这座村子延续下去是与初衷背道而驰的行为。话虽如此,她又不忍心违背村民的意愿,强行收容他们。

在维持社区运行的前提下帮助他们,就意味着成为他们的领袖。

_173

奈奈无法下定决心舍弃市政府职员的身份和迄今为止的人生,扛起领袖的大旗。"不使用脑外记忆装置"这样的思想本就是她无法接受的。

就在她犹豫不决的时候,情况日渐恶化。各种工具接连损坏,却没人会修。粮食的储备倒是还有,但烹制食物的器具一个接一个地坏了,所剩无几。

村民觉得饿了,就会按备忘录的指引前往厨房,却不知该在厨房干什么,茫然无措。渐渐地,一些人开始生啃食材。没煮熟的食物造成了大范围的食物中毒。能正常活动的人一天少过一天。村子必须用更少的人完成与以前一样多的工作量,久而久之,各项工作都陷入了停滞。上吐下泻的人也只有生食可吃。儿童与老人变得愈发虚弱。没有余力的村民都无暇细看备忘录了。最终,连"冲奶粉喂宝宝"这样的备忘录都没人看了。

大人将生蔬菜塞到婴儿手中。婴儿号啕大哭。

奈奈看不下去,便想教一个还算精神的村民冲奶粉。奈何对方慌乱无措,总也记不住步骤。

几天过后,婴儿几乎哭不出声了。

不能再耗下去了。

奈奈纠结了许久,终于想出了一个解决办法。

她走向一个女性阿米什村民。此人是中途加入社区的,所以身上有记忆条专用的插座。奈奈迅速拔出自己的记忆条,插到她身上。

"噫!"奈奈惊讶地发现,自己在那个女村民体内。没想到会是这样的感觉。她还以为,这么做只会把自己的知识传递给对方。

"还好吗?你能照顾好宝宝,跟供应商谈判吗?"眼前的另一个自己问道。

奈奈点了点头。

奈奈心想,只要将自己的记忆条插到村民身上,就能借用村民的手做各种各样的事情,而不用亲自插手。从表面上看,是村民自己解决了问题,奈奈什么都没做。

"得赶紧喂宝宝喝奶。"奈奈着手冲奶粉。

婴儿大口大口喝下温热的奶,甜甜睡去。

奈奈把孩子放到床上。

然后她坐到教学楼中唯一的电脑前,向供应商订购炊具。

"差不多了吧,记忆条还我。"另一个奈奈说道。

"再等等,我想查查村子的财务状况。"

账本就放在显眼处。因为一旦收起来,就没人找得到了。

奈奈早就想看看账本了,但她一直忍着,毕竟外人擅自翻看总是不太妥当的。

她翻看起来。

不出所料,最近的账记得越来越马虎了。即便如此,她还是可以看出村子快揭不开锅了。此时此刻,账上几乎没剩几个钱。可要是卖掉农产品,食物就会短缺。因为相较于村子的人口,农产品的产量实在太低。这意味着,必须尽快想办法提高耕作效率,否则村子将在不远的将来全面崩盘。

"快还我啊,我感觉记忆在一点点消失。"另一个自己抓住奈奈的胳膊。

"不消失才怪了。没有记忆条,记忆只能维持十多分钟啊。你连这都忘了?"

"是吗?我只记得要问你要回什么东西。"

"别慌啊。你脑子里的记忆消失了也没关系,反正我这儿还有。"奈奈指了指自己的记忆条,"你就待在那里等会儿吧。"

"不行,快还我。感觉不对劲啊!"

"那都是错觉啦。"

"快……我要消失了……"

奈奈没有理会另一个自己。她一边翻看账本,一边思考如何重建村子。

农田的面积够大,水也够用。农用设备眼下都还能用,肥料、农药什么的也还有存货。换言之,只要村民精准完成各项工作,就能确保必要的产量。

"呃……我在干什么来着?这是哪儿啊?"另一个自己开始漫无目的地徘徊。

问题是,"精准"二字要如何实现呢?该如何调动一群没有记忆的人呢?村民们只能做一些简单的操作,完成不了需要动用知识的复杂任务。他们既不会用电脑,也算不了账……哎,这不是可以的嘛!

奈奈灵光一闪。

她也许是太麻木了,所以才会想出这么离谱的点子。但她想不出"不能这么做"的理由。毕竟这是人类有史以来第一次遇到这种情况,没有任何相关的伦理道德可以依据。因此只要当事人良心上过得去,就不存在人道主义层面的问题了,不是吗?

哎,话说另一个我呢?

奈奈四处寻找,发现另一个自己正在看墙上贴着的备忘录。

·请佩戴炊事员臂章的人于上午十一点前往餐厅准备餐食。
·其他人正午时前往餐厅用午餐(路线详见校内地图)。

另一个自己看了看胳膊上有没有臂章。见时针指向十二点，她便走向餐厅。

看来她是把自己当成了村子的居民。

"等等，你不是这座村子的人！"奈奈对另一个自己喊道。

"呃……什么意思？我不是这座村子的人？"

"插上这个你就想起来了。"奈奈将记忆条插回原来的身体。

"哇，吓死我了，没想到会是这种感觉。"回归原身的奈奈说道。

"咦？我还在这里啊。"

"应该还能维持十多分钟吧。"

"等等，我的记忆会消失吗？"

"应该会吧。刚才的我不也是吗？"

"等一下，那可不行……"

"什么行不行的，那不是你自己选的吗？"

"我选的？"

"不然你就不会在这里了。"

"不，我说的不是原来的我。现在站在这里的是水科奈奈啊！"

"我才是水科奈奈，别搞混了。"

"啊？可是……"

奈奈没有理会女村民，自顾自走向农田。

果不其然，有个男村民正站在种洋葱的旱田跟前发呆。立在田边的牌子上写着收割的步骤，但他似乎没有注意到。这也难怪，由于长年日晒雨淋，上面的文字与图示都已严重褪色。

奈奈走向男村民，迅速插入自己的记忆条。

多亏刚才的经验，奈奈在短短数秒的困惑后便恢复了平静，开始收割洋葱。

埋头苦干一小时，总算是弄完了。

直到此刻，奈奈才发现自己的身体不见了。她四处寻找，终于在鸡舍前找到了呆若木鸡的另一个自己。

"怎么了？"奈奈问道。

"我得拿些鸡蛋，可不知道该怎么办。进去拿蛋会不会被鸡啄啊？"

"不用进去，在外面就能拿，都写在这儿呢。而且你不是这座村子的，用不着拿鸡蛋。"

奈奈将记忆条插回自己的身体。

"原先的自己每次都会陷入混乱，还挺头疼的，除此之外好像没什么问题。"奈奈说道。

"同时存在两个自己的状态会持续一段时间，感觉怪怪的，但也只能克服克服了。"仍有奈奈记忆的男村民说道。

"明明顶着男人的皮囊，一开口却是女人的口吻。"

"因为我的人格还是个女人啊。"

"只要拔出记忆条，记忆很快就会消失，倒是不用担心泄密……只能试试这个法子了。"

随着经验增加，奈奈的操作愈发娴熟。起初心里还有些抵触，但次数多了也就习惯了，只觉得换身体跟换衣服没什么两样。

至于在村子里出生的年轻人和原本没有插座的老人，她也用自动安装机为他们安装了插座。如此一来，奈奈便能根据实际需要化身为男女老少，开展各项工作。

起初只是一时兴起——

村民的穿着极为简朴，非常符合"日本阿米什人"这一称呼。

但有些年轻的女村民长得眉清目秀，身材跟模特一样好，天天穿朴素的衣服简直是暴殄天物。

奈奈心想，我要是有这么好看的脸蛋和身材，肯定会买很多很多衣服，一天换一个造型。

下一秒她便意识到，将这个念头付诸实践其实易如反掌。

用村子的钱买衣服肯定是不行的。奈奈动用自己的存款，买了好几套她早就想尝试，却因为长相和体形忍痛放弃的衣服。

见奈奈试也不试就买下一堆各种尺码的衣服，店员似乎有些纳闷，但他们当然没有理由阻止。

回到村子以后，她立刻将自己的记忆条插到一个年轻漂亮、身材动人的女村民身上，然后对着镜子试穿了好几套新买的衣服。

一直都想穿穿看，却因为不适合自己而放弃的衣服，竟是那样合身。尺码不对的衣服也不成问题，只要把记忆条插到不同体形的女村民身上就行了。

奈奈像换装娃娃那样更换衣服和身体，享受了好几天。渐渐地，她生出了穿着漂亮衣服上街的欲望。

她起初也很犹豫，不知道这么做有没有伦理层面的问题。但转念一想，女村民们不过是穿着用奈奈的钱买的衣服上街走走罢了，又不会少一块肉。不仅没什么损失，还能打扮得美美的，享受路人的瞩目（尽管只是暂时的），多快活啊。

于是，奈奈套上女村民的身体和心仪的衣物，一次次走上街头。

新鲜的体验接二连三。一个又一个年轻男人上前搭讪。还有演艺公司的星探跟她搭话。

奈奈差点就跟他们走了，又怕介入身体原主的人生，只得在最后关头甩开人家，依依不舍地回到村子里。

不过，这些身体原本的人格究竟在哪里呢？如果人格总在大脑之中，那身体即便有奈奈的记忆，人格应该也是原来的吧？既然如此，那不就是原人格的决定吗？

奈奈的心思时常摇摆不定，但她还是咬紧牙关甩掉了那些念头。

我是不是正要一脚踏进危险的领域？还是说……我已经越界了？

为了消除这种焦虑，奈奈愈发沉迷于调换身体的游戏——尽管这听起来很矛盾。

后来她意识到，自己甚至不需要拘泥于年龄与性别。中年人的衣服也好，童装、男装也罢，就算那是真正的奈奈穿着会很别扭的衣服，只要换一副身体，就能尽情体验。

奈奈换上男女老少的身体，享受穿搭的乐趣。

一天，奈奈借用了一个年轻男村民的身体，试穿刚买的衣服。看到镜中的自己，她心里忽然"咯噔"一下。

话说回来，开始往这座村子跑以后，她就没什么机会跟年轻男人说话了。她原来也有个近似于恋人的男性朋友，奈何渐行渐远，回过神来才发现，已经跟人家断了联系。

这个男人和我，有没有可能谈一场恋爱呢？当然，恋爱建立在双方同意的基础之上。但是在这座村子，"意愿"这个词又意味着什么呢？

只要此时此刻，他想和奈奈谈恋爱，那就是他的意愿吧？

在奈奈自己看来，这套逻辑都有些说不过去。准确地说，不是这个人想和奈奈谈恋爱，而是奈奈想让这个人当自己的男友。问题是，她能明确分辨两者的差异吗？

奈奈思索片刻，觉得只是试一试的话，应该没什么大碍。

下定决心后,她又纠结起来:真要选这个人吗?选项并不算多,仅限于村民,但还是应该选一个尽可能合自己心意的人吧?

平日里评判一个男人的好坏不仅要看外表,还要关注性格、地位和收入等因素。但现在只需要看外表就行,心态可以放轻松。反正,他们也没有内在。

奈奈挑出了几个候选人,但无论如何都没法锁定其中之一,辗转反侧纠结了一整晚。

熬到黎明时分,她忽然意识到自己并不需要锁定一人,不禁放声大笑,只觉得滑稽。

让他们轮流当自己的男朋友就是了。古时有后宫和大奥,三妻四妾是常态,换一下性别又有何不可?

奈奈走进村子,随机选了一个男村民,插入自己的记忆条。

自己变成了男人,套着女性皮囊的自己就站在眼前。

接下来该怎么办?

到头来,她意识到她必须以男人的身份去爱自己。明明一开始就知道,为何会如此迷茫?

开启一段恋爱时,无须进行烦琐的仪式。从这一刻起,他跟水科奈奈就是男女朋友了。

"感觉怪怪的⋯⋯"刚才还是自己的人说道。

她还有水科奈奈的记忆。

"不怪啊。一男一女,和寻常情侣没什么两样。"

"你最好别用女人的口吻。"

"这⋯⋯倒是⋯⋯"

奈奈感到轻微的眩晕。

下面该做什么?正常的情侣是不是会随便聊聊?可该跟自己聊

什么呢？两边的认知是完全一样的。

姑且坐她旁边试试。

期待与焦虑将奈奈笼罩。连奈奈自己都不由得感叹，他们简直跟情窦初开的初中生一样青涩。

"怎么办？"

"什么怎么办？"

"难得在一块儿，是不是应该做些情侣做的事情啊？"

"那搂着我吧。"

奈奈搂住自己的肩膀。

好诡异。

并没有特别兴奋的感觉。这真的算"谈恋爱"吗？无尽的疑问在脑海中翻腾。

奈奈压根就不知道男人应该如何对待女友。她本以为，只要拥有男性的身体，就能得到本能的指引，但显然不是这么回事。

各种纠结，耗费了不少时间。

原先的自己开始坐立不安。

想必是因为她失去了记忆，不清楚自己目前的处境，所以分外焦虑。

"怎么了？"奈奈故意问道。

"呃……你是谁啊？"

"我是你男朋友。"

"我的男朋友？"

"你不记得了？"

"对不起……"原先的自己低下了头。

"道什么歉啊。"

"我居然忘了自己的男朋友，好离谱啊……"

"不至于，你又不是故意的。"

"这话听着暖暖的……"

奈奈心想，自己处于没有记忆的白纸状态时，倒是个挺乖巧可爱的姑娘。

"记得自己叫什么吗？"

"……不记得了。"

"你叫水科奈奈。"

"水科奈奈……听着很耳熟。你是谁呀？"

我是谁呢？

奈奈不记得男村民的名字。

自说自话想把人家弄成自己的男朋友，却连人家的名字都不记得。真不像话。

奈奈产生了轻微的自我厌恶感。

"我叫前田和己。"无奈之下，奈奈姑且报出了初恋情人的名字。

原先的自己应该不记得了，不用担心露馅。

"前田和己……我记得这个名字。"

是错觉吗？还是大脑深处残留着些许生成记忆之前的原始印记？

如果真是如此，这种行为岂不是对自身过往的亵渎吗？

"奈奈。"

"嗯？"

"亲一个。"

原先的自己闭上双眼。

这样真的好吗？

这次是奈奈自己决定要试的。能有什么问题。

奈奈吻了对方。

下意识闭上了眼睛。

唇上有潮湿的触感，女人的气息扑面而来。

奈奈忍无可忍，往后一缩。

睁眼一看，是自己潮红的面孔。

这姑娘信了面前这个男人的说辞，认定他是自己的男朋友，容许了对方的亲吻。

我欺骗了一个纯真的女人。

那副身体本就是自己的，所以没有任何问题——这是强词夺理。她明明都没有搞清自己的处境。

"怎么了？"她一脸莫名其妙地问道。

奈奈觉得自己在做一件无比肮脏的事情，厌恶感汹涌而来，恶心欲吐。

"怎么了？不舒服吗？"她轻抚"男友"的后背。

不能再这么下去了。否则奈奈永远都无法原谅自己。

"对不起，我刚刚说的都是假的。"

"啊？"她瞠目结舌。

"原谅我，这才是事实。"

奈奈将记忆条插回原来的身体。

奈奈不再玩弄村民的身体。哪怕没有记忆，每副身体也有各自的心。她意识到，玩弄人心是一种可怕的罪行。

她给自己定了一条规矩：只有在干农活、管理村子和关乎村民性命的时候，才能将记忆条插到村民身上。即便将用途限定在这几种场合，奈奈这些年动用记忆条的频率仍直线上升。初始村民已一个不剩，没有她的记忆条，村民们就几乎无法完成日常的种种工作。

起初，奈奈借助自己的记忆条勉强维持着这座村子。然而几年过后，还是出了问题。收成难免有丰歉，而村子的储备不足以消弭波动的影响。这意味着在作物歉收的年份，如果村子没有农业以外的收入，村民就会饿死。只有一个人可以执行复杂的任务，也是拉低生产力的一大因素。

奈奈也知道村子必须开拓农产品以外的收入来源，却实在想不出几十个维持不了记忆的人能做什么生意。

一天，村子迎来一位访客。除了市政府的职员（奈奈本人）和供应商，从没有别人光临过这座村子，所以奈奈觉得有些古怪，但还是决定出面接待一下。当时她恰好把记忆条插在了一个年轻女村民身上。

来访者是一个中年妇女。

"幸会。"对方鞠了一躬。

"幸会，"奈奈看了看自己的名牌，"敝姓阿立，请问您有什么事吗？"

"是这样的……我有一事相求，想请这座村子的人帮个忙。"

"恕我冒昧，请问您清楚这座村子的情况吗？"奈奈问道。

"嗯，我知道的。住在这里的人都没有记忆条吧。"

"我们对外销售大米、蔬菜、鸡蛋、鸡肉等农产品，但很难从事其他工作。"

对方目不转睛地盯着奈奈的脸。

"怎么了？"

"您有记忆条？"

"哦，这算是特殊情况。"

"只有您特殊吗？"

"不，特殊的不是我，而是这根记忆条。'不用记忆条'是本村的宗旨，但如果死抠这条规矩，跟您这样的外来访客交流时就会出问题，所以村里留了一根记忆条，由所有村民共享。"

"所以那不是个人的记忆条，而是所有村民共同的？"

"差不多吧。"

这并不是百分之百的谎言。现如今，"记忆条插在奈奈原来的身体上"反而成了稀罕事。记忆条终日游走于村民之间，都好几天没回过奈奈的身体了。在此期间，奈奈的身体会像其他阿米什村民那样行动。

"那我就放心了。"

"放心？"

"因为我可以确认，这座村子不是虚有其表，住在这里的人是真的没有记忆条。"

"我刚才也说了，我们能做的事情非常有限。"

"我不会让各位做白工的。"

中年妇女将她带来的包放在桌上，当场打开。

包里装着成捆的现金。

"只有口头承诺或支票，你们恐怕是不会相信我的，所以我准备了现金。"

金额相当可观，够撑好几个月了。

奈奈眼馋得很，但对方还没表明来意，不知是否可信。

"您不会是要我们做什么违法乱纪的事吧？"

"您要是问我这件事违不违法……我只能回答您，确实是违法的。"

奈奈叹了口气。"非常抱歉,我们不能参与犯罪行为。"

"可共用一根记忆条不也是违法的吗?"

"严格来说,这样确实是违法的,但我……我们只当它是一种紧急避险措施。而且这种行为并没有伤害到任何人,也没有给任何人造成困扰。"

"这不是自说自话吗?"

"嗯,我们心里也有数。"

"真要说起来,此时此刻站在这里跟我说话,真的是阿立小姐本人的意愿吗?"

"此话怎讲?"

"真正的阿立小姐是没有长期记忆的吧?"

"确实没有。"

"那岂不是生活在一个既没有过去,又没有未来的广漠世界中吗?"

"这话没错,但我现在插着记忆条……"

"看来,您是被记忆条操纵了啊。"

"啊?"

"我不知道那根记忆条原本属于谁,反正插上记忆条的人都只能沦为傀儡,按记忆条原主的意愿行事。继承记忆,就是继承那个人的价值观和思想。整座村子是不是都在那个人的掌控之下?您能抬头挺胸地告诉我,那就是合法正当的吗?"

奈奈被戳到了痛处,无力反驳。也许我只是在利用这座村子满足一己私欲。莫非我是用记忆条奴役了他们?

"要是我去有关部门反映情况,您打算怎么办?"中年妇女说道。

"您是在威胁我吗?"奈奈顿感热血上脑。也许是因为这副身体本就暴躁易怒。

"不，我并不打算闹到政府机关，只是觉得你们可以考虑一下我的委托。"

"我刚才也说了，我们的行为不过是一种紧急避险，不会伤害任何人。"

"我的委托也一样，也是不会给任何人添麻烦的紧急避险。"

"您到底要我们做什么？"

对方掏出一根记忆条，放在桌上。

"这是谁的记忆条？"

"它属于我的……母亲、妻子、兄长和儿子。"

"不止一根？"

"不，就这一根。"

"我怎么越听越糊涂了……"

"听起来是很莫名其妙，但这是真的。"

"那您要我们用这根记忆条做什么呢？"

"我想借用一位村民的身体，把这根记忆条插到他身上。"

"您说什么？"

"我失去了家人。只要有村民们的协助，我就能找回他们。"

"我不懂您的意思。您是要把家人的记忆条插到某位村民身上？"

"没错。"

"您的家人在哪里？"

"他们已经不在了。"

奈奈花了好几秒，才品出这句话的弦外之音。

"您是说，这根记忆条原来的主人已经去世了？"

"嗯，没错。"

"您想把死者的记忆强加给活人?"

"这个说法确实不太好听。但您不妨设想一下——如果此时此刻,您原来的身体死了,那我眼前的这副身体不就是由死者的意志驱动的吗?"

"话是这么说……"

"到时候,您能狠下心来销毁那根记忆条吗?"

"不走到那一步,我也不知道自己会怎么做。"

不,答案是明摆着的。销毁记忆条无异于自杀。她肯定下不了这样的决心。

"其实我现在使用的记忆条,原本也不是我的。"中年妇女说道。

"那是谁的?"

奈奈常把自己的记忆条插在别人身上,所以并没有太惊讶。

"我死去的父亲。"

"啊?那您自己的呢?"

"在我五岁那年四分五裂了。"

"五岁?那完全可以换一根新的记忆条啊。据说在'大遗忘'之前,婴幼儿时期的记忆本就是很模糊的。"

"我父亲不想让我母亲陷入绝望。父亲和哥哥都去世了,必须给母亲留一根心灵支柱。如果她发现连我都失去了所有关于家人的记忆,肯定就活不下去了。"

"看来令堂最近也去世了?"

"我必须找回我的家人。借一位村民的身体给我吧。"

"不行啊,这么做无异于侵占别人的人生。"

"会对身体的主人造成什么困扰吗?我很乐意让当事人自己选——是继续住在这个与世隔绝的地方虚度光阴,还是作为我的家人活下去。这样都不行吗?"

"可法律规定……"

"这是紧急避险行为,和您为了保住这座村子做的事并无不同。我也想保住我的家,求您帮帮我吧。"中年妇女深鞠一躬。

她说得没错。她想要的,和我正在做的并无不同。否定她的想法,就意味着否定自己的行为。

是委托的哪个部分,让我产生了抵触?

奈奈分析起了自己的心态。

首先是"借助活人的身体复活死者本人的记忆"这一行为的对错。这么做定会撼动"死亡"这个概念本身。可我们为什么不能撼动死亡的概念呢?我们心目中的死亡,不就是身体维度的死亡吗?身体虽已逝去,但精神以记忆条的形式继续存在着——这么想的话,就不会与死亡的概念相抵触。那个人本就没死。死的不过是精神穿戴的身体。获得一副新的身体,和换衣服、换车并无差别。

其次是存在隐患,身体的提供者可能被记忆条利用。但换个角度看,身体终究是身体,里面并没有记忆。没有记忆,就意味着没有价值观和意志。若把身体看成一种工具,就不存在剥削关系了。在这一前提下,人的本质不存在于身体之中,而在于记忆条。

这套逻辑真的没问题吗?

奈奈扪心自问。

不。这不是能随随便便想通的问题。早在数十年前,人类就迈入了一个从未经历过的领域,姑且靠着以往的价值观糊弄了一段时间。但糊弄已经到了极限。我们必须创造新的价值观和伦理,以适应当前的局面。

"好。我们可以提供身体给您。请稍等。"

奈奈走出房间。几分钟后,她带着另一个女人回来了。

"用这副身体吧。"奈奈斩钉截铁道。

"您确定?"

"嗯。"

"那我必须先征得当事人的同意。您看怎么操作比较好?"

"这方面您大可不必担心。"

"您凭什么这么说?"

"因为当事人就是我……从严格意义上讲,这个人就是我身上这根记忆条原来的主人,"奈奈指着原来的自己说道,"所以我们可以认定,当事人已经同意了。您随时都能插入家人的记忆条。"

中年妇女在最后关头犹豫了许久,终于还是将记忆条插入了奈奈的身体。

原先的奈奈睁开眼睛,打量自己的身体。

"怎么回事?我不是死了吗?"

"嗯,你的身体确实已经死了。"

"也就是说,这是别人的身体?小彩,你听我说,我其实……"美月/小悟畏畏缩缩地说道。

"没关系,我已经看过那封信了。"

"对不起……我其实是你哥哥……"

"说起这个,我也得跟你道歉。你冷静下来听我说……"

奈奈听着那段纠缠复杂的亲子关系,忽然意识到:人类已经在不知不觉中越了界。

她不禁想起了村民们。

我能抵挡住诱惑吗?每个村民都能成为死者的容器。肯定有很多人愿意斥巨资让逝者复生。人愿意为爱牺牲一切。

_191

我能抵挡住诱惑吗？

奈奈再一次扪心自问。

11

将死者的记忆移植到活人身上。

这是一个骇人至极，却也令人着迷的想法。如果放任这种行为，生与死的界限就会变得模糊不清。因为，即使心脏停止跳动，大脑迎来死寂，死者的记忆仍留存在半导体中。

记忆条本身并非活物，甚至没有意识。记忆不过是自由电子和空穴[1]的集合体。

然而，记忆条一旦被插入另一副身体，意识就会立即复活。在主观层面，插入记忆条的瞬间与死亡的瞬间直接相连。当事人只会觉得，自己前脚刚死，后脚就苏醒了。

放任这种行为，显然会引发种种问题。

"怎么了？脸色看着不太好啊。"某人问道。

对了。我正在一个哪儿也不是的地方，和一个谁也不是的人一问一答。

我再次尝试辨认对方的面容。

奈何对方的容貌不断变化，无法勾勒出清晰的轮廓。

"抱歉，我刚想起了一些可怕的事情。"我在轻微的眩晕感中如

---

[1] 当半导体的价带未被电子占满时，所出现的少量空的能量状态称"空穴"。

此回答。

"可怕的事情?说来听听?"

"招魂师。"

"日本东北地区的女巫?"对方的声音时近时远。

"那是第一层意思,后来衍生出了第二层意思。两者的共同点是'将身体交给亡者,与生者对话'这一行为。"天旋地转。

这个世界在拒绝我吗?还是正要真正接纳我?

"你了解另一种招魂师吗?"对方像软绵绵的水母一样,飘浮在我周围。

世界正在融化。还是说,融化的是我的精神?

"嗯,我非常了解招魂师。"

"看来你对招魂师很感兴趣呀。"

"不,不是感兴趣。那就是我生活的全部。"

"此话怎讲?"

"我当过……招魂师。"

记忆仿佛被点燃了一般,瞬间复活。

12

招魂的地方略显昏暗,但也没什么特别之处。本以为会有更浓的宗教氛围,进来一看却发现这间屋子长得跟会议室似的,除了几张桌椅,别无他物。

"真能在这种地方召唤出死者的魂魄吗?"我问中介。

"你要我解释几回啊？这事跟魂魄没半点关系，为方便起见才用了'招魂'这个说法。说白了不过是把死人的记忆条插到招魂师身上'再生'（播放）[1]一下。算了，反正你今天只是个见习的，闭嘴瞧着吧。"中介不耐烦地回答。

片刻后，敲门声传来。

中介开了门。门外站着一个小年轻，看着跟我年纪相仿，也是二十出头，最多二十五岁。他衣着邋遢，戴着好几个耳钉和鼻钉。

"呀吼，"小年轻嚼着口香糖说道，"这谁啊？"

"新来的见习招魂师。"

"呵……"小年轻嚼出响亮的口水声，上下打量了我一番。

"这位是？"我问中介。

"招魂师。"

"招魂师不都是老婆婆吗？"

"你用的是哪年的老皇历啊……"

又有人敲门了。

来了个中年妇女，外加一男一女两个孩子。

中年妇女深鞠一躬。

"真能招来我先生的魂魄吗？"

"和传统意义上的招魂还不太一样，"中介说道，"最接近的概念大概是'再生'吧。"

"再生？是复活的意思吗？"

"不，是'播放'录音录像的那个'再生'。你先生的数据都存在这根记忆条里。我们接下来要做的，就是把这个人的脑子用作播

---

[1] 在日语中，"再生"除了"重生"，还有"播放"的意思。

放装置，将记忆条里的数据播放出来。我们称之为'招魂'。"

"这样招来的还算是我先生吗？"

"这个嘛，取决于你怎么看。再生出来的人有你先生的记忆，也当自己是你先生，但身体是属于另一个人的，他也不会觉得那是自己的身体。所以那到底是不是你先生，是你说了算。"

中年妇女点点头，从包里拿出一沓纸币。

中介点了点数目。

"那就开始吧。你准备好了吗？"中介问招魂师。

"好啦，随时都行。"招魂师语气随意。

中介拔出招魂师的记忆条。

"要先等他的记忆消失，大概需要十分钟。"

"为什么不立刻开始招魂呢？"我问道。

"如果他本身的记忆还没消失，就把死者的记忆条插进去，那他的记忆岂不是会被记录在那根记忆条里吗？"

"那样有什么问题吗？"

"倒也没什么大问题，但今后每次通过招魂激活那个死者的记忆，都会牵出一串跟他八竿子打不着的招魂师的记忆，就好像记忆被污染了一样。"

"记忆不能被污染吗？"

"是啊，一旦被污染，就没法恢复原状了，所以大家都很抵触。"

"抵触？你说客户吗？"

"除了客户，还有当事人。"

"当事人？你是说死者？"

"是啊。"

"死者哪儿还会抵触啊。"

"换个更严谨的说法,是在招魂师的脑子里再生的虚拟人格不乐意。"

"我怎么越听越糊涂了……"

"哎呀,你就瞧着吧。"

过了一会儿,招魂师的神情渐渐恍惚起来。

中介向招魂师提了几个简单的问题。

"很好,记忆应该已经消失了。太太,你先生的记忆条带来了吗?"

"带来了。"中年妇女小心翼翼地递上装在盒子里的记忆条。

中介随手打开盒子,拿出记忆条,插到招魂师身上。

"哇!"招魂师一声大喊。

"老公,是你吗?"中年妇女问道。

"你怎么在这儿?"招魂师瞠目结舌,"怎么孩子们也……"

"还记得出了什么事吗?"

"嗯……临下班的时候,领导拉着我去喝酒。他喝得烂醉,我只能扶着他在站台上走。走着走着,他突然往铁轨那边去了,我本想拉住他,结果自己没站稳,摔到了铁轨上。然后……然后就……"招魂师双手掩面,再一次嘶吼起来,"哇!"

"别怕啊,老公,冷静啊!"

"好像有电车从我身上碾了过去,'咣当咣当'的……倒是不疼,但有种一切悄然消失的感觉。"

"感觉自己在慢慢消失?"

"不是自己,而是世界在一点点消失……然后睁开眼睛一看,我就在这儿了。那肯定是一场噩梦吧。"

"老公,你冷静下来听我说……"中年妇女跟招魂师解释起来。

"我不信!"招魂师摇头道。

"老公……"

"别说了!"招魂师捂住耳朵。

"这是常有的事,"中介说道,"死者无法接受自己已经死了的事实,于是拒绝招魂。这个时候就很考验审神者[1]的本事了。"

"审神者?"

中介没有回答我,而是从斜挎包里掏出了一面镜子,外加一部手机。

"这位先生,麻烦你先照照镜子。"中介迅速把镜子举到招魂师面前,不给他移开视线的机会。

招魂师发出一声轻轻的尖叫:"这是谁啊?"

"是你。准确地说,是提供身体给你的招魂师。"

"你骗人!"

"我还真没骗你。你要是不相信,不妨上网搜一搜你那起事故的新闻,"中介把手机递给招魂师,"操作方法跟以前差不多,你应该会用的。"

招魂师用瑟瑟发抖的手接过手机,操作起来。

"这也太……我不信!"

"可事实就是如此啊。"

"这副身体归我了?"

"身体是招魂师的,你可以租用一小时。当然,我们也提供续租服务,只要支付额外的费用就行。"中介笑嘻嘻地说道。

"我想永远租下去。不,干脆买下这副身体吧!"

---

[1] 在古代神道教仪式中接受神谕,负责解释和传递神意的人。

"一两天也就罢了，一辈子可不行啊。招魂师本人也不会同意的。能同意才怪了。一辈子把身体借给别人，跟死又有什么区别呢？拿再多的钱也没用啊。"

"那十年呢？五年呢？至少让我租一年吧？"

"那就得看你们出什么价了。如果你太太家底够厚，说不定还有戏。按市场价，卖掉两三套豪宅差不多就能租上一年了。你可能会嫌贵，可毕竟对招魂师来说，这就跟寿命缩短了一年差不多嘛。"

"我就是个卑微的上班族，可要是保险赔了的话……"招魂师望向妻子。

妻子悲伤地摇了摇头。"对不起，我们好不容易才凑出了一小时的租金……"

招魂师顿时垂头丧气。

"也不用那么沮丧嘛。只要存够了钱，就能再见一面了。想当年，人死了就灰飞烟灭，无论如何都不可能再见到对方了。这么一比，现在可有盼头多了。所以古人才会寄希望于传统的招魂师吧。时间宝贵，你们一家人还是好好叙旧吧。"

招魂师与客户全家表情阴沉，但还是聊了起来。

几乎一直是家人在讲述男子死后发生的种种。

招魂师听着孩子们的讲述，连连点头，时不时抹抹眼泪。

"你在那边过得还好吗？"妻子问道。

"那边？"招魂师一脸莫名其妙。

"就是天堂啊。"男孩说道。

"我没去天堂，当然也没下地狱。"

"死后不会去另一个世界吗？"

"太太，您可别误会了，"中介说道，"我们只不过是在播放死者生前的记忆罢了,并不是真的招来了死者的魂魄,他不可能知道另一个世界长什么样。"

"那他到底是谁呢?"

"在身体层面,他还是招魂师——自以为是你先生的招魂师。"

妻子迅速与招魂师拉开距离,用惊恐的目光看着他。

"你胡说什么呢?"招魂师说道,"我就是我啊。"

"我可不是在跟你们辩论哲学问题哟。顺便提醒一下,一小时快到了,你们要续租吗?"

妻子默默摇头。

"那今天就到此为止了。"中介拔出招魂师身上的记忆条。

"啊!等等!"

"不交钱就没法续租。"

"要钱是吧?"招魂师翻了翻口袋,掏出钱包。

"那是招魂师的钱,不是你的,"中介瞪了他一眼,"你就死了这条心吧,老老实实等记忆消失就是了。这个时候拼命挣扎,只会徒增痛苦。"

招魂师一屁股坐了下来,无奈地闭上眼睛。

妻儿相拥而泣。在中介的催促下,他们只得接过死者的记忆条,垂头丧气地踏上归途。

十多分钟后,中介问了招魂师几个问题,确定死者的记忆已经清空了,这才将招魂师自己的记忆条插回原处。

"必须等死者的记忆消失了再插记忆条,否则招魂师的记忆就会被污染。每个环节都大意不得啊。"中介如是说。

招魂师眨了眨眼睛,站了起来。"没出什么问题吧?"

"一切正常。那个死者大概是第一次复活,多少有点混乱,但也没什么稀罕的。"

招魂师点了点头,把手一伸。

"这沓归你了,拿着吧。"中介把一沓钱递给招魂师。

"才这点啊?"我道出了心中的疑惑。

"才?这年头辛辛苦苦工作一个月,也就挣这点钱吧。"招魂师不以为然道。

"客户明明付了两倍的钱,中介抽的佣金也太多了吧?"

"哦,原来你纠结的是这个啊,"中介笑了,"佣金里也包括审神者的报酬。"

"审神者不就只是个见证人吗?"

"你懂不懂审神者的重要性啊?招魂师是一种风险很高的职业。要是没有审神者看着,天知道招魂师会出什么事。我拿一半再正当不过了。"

中介都说到这份儿上了,我好像也只能认了。毕竟我还不太熟悉这一行,也只能相信他的说辞了。

死者的记忆条本该销毁,擅自保留本就是违法行为。因为这样会模糊生死之别。死亡若不再明确,就会引发一系列的法律问题。比如,人们将无法判断何时继承遗产,何时发放人寿保险金。如果配偶身死并不意味着婚姻关系的终结,在世的一方就永远都无法再婚了。如果身体的死亡不再是"死亡",政府就得无限期地发放养老金了。

要解决这些问题,就必须确立新的生死概念,构建新的法律体系,并对所有现行法律进行彻底的修订。然而,人类尚无余力处理这些问题。于是人们退而求其次,禁止保留死者的记忆条。专家们认为，这项措施可以暂时维持传统的死亡概念。

然而，技术上可行的事情迟早会有人去尝试。"必须销毁死者记忆条"的法令并没有得到严格遵守。法令刚施行的时候，遵守的人还占大多数。然而随着时间的推移，有越来越多的人将死者的记忆条藏了起来，留作纪念。这当然是违法的，但无论从哪个角度看，这都不是什么令人发指的罪行，因此有关部门从不会大力打击。而且记忆条体积小，哪里都藏得下，调包也很容易。防范这类违法行为的难度极高。不难想象，相关法律早已成了漏洞百出的摆设。

人们渐渐意识到，非法保留记忆条其实很容易，于是保留记忆条的人越来越多。现如今，保留反而成了常态。

在这样的大环境下，招魂师备受追捧也是理所当然。

"招魂师"一词原本指的是日本东北地区的传统灵媒，如今指代的却是"将死者的记忆条插入自己的身体，暂时复活死者的人格，让遗属有机会与死者交谈的人"。

相传当代招魂师起源于某座日本阿米什村子，起初只是一项旨在筹措资金的副业。据说当时那座村子被一个外来者掌控了。不过，"掌控"这个说法可能并不妥当。毕竟那人似乎觉得，自己把村子管理得井井有条。

事到如今，人们都不清楚那个外来者是男是女了。总之，那人在村子面临资金短缺的危机时染指了这门生意，将死者的记忆条插到某个村民身上，复活了死者的人格。换句话说，那人确立了当代招魂师的商业模式。

消息不胫而走，想与逝去的家人团聚的人蜂拥而来。

媒体关注到这件事的时候，事态已经一发而不可收拾，连国会都讨论了相关议题。

有关部门立刻介入，封锁了那座村子。

"招魂村"虽已土崩瓦解，但媒体的报道让公众了解到了"招魂师"这一概念。人们也因此意识到：只要插上死者的记忆条，谁都能成为招魂师。

解散招魂村的消息刚见报没几天，电视台和网络媒体就争相介绍起了大量亲身实践招魂术的人。这些报道引来了更多的模仿，在世界各地催生了一大批跟风之徒。

政府急忙宣布，"招魂"是明确的违法行为。一旦发现，当场逮捕。

于是招魂师们纷纷转入地下。不可思议的是，只要不大张旗鼓地搞，政府和警方似乎就会睁一只眼闭一只眼。毕竟要是监管太严，招魂师们就会藏得更深，到时候有关部门就无法跟踪把控他们的活动了。

进入那个世界的时候，我离开大学已经有一阵子了。

退学并没有什么特别的原因。只是厌倦了为一张毕业证辛辛苦苦憋论文罢了。

为什么我非得吃尽苦头，弄个大学文凭出来？上大学是为了找工作，而找工作是为了过上安稳的生活。可我为什么非得过上安稳的生活不可呢？安稳的生活真有那么重要吗？值得我拼死拼活挤出一篇论文吗？

我答不上来。没有答案，自然就提不起劲来上学。我成天在家消磨时间，一不留神错过了论文的截止期限，然后就顺势退了学。

后来，我做了一段时间的兼职，但那些工作好像也跟我八字不合。因为我实在不觉得，那是非我不可的工作。既然别人也能做，那就不是我该做的。一旦被这种念头困住，就没法提起劲来上班了。这样体验过几份兼职之后，我也意识到自己并不需要更多的经验，于是也就不再寻找新的兼职了。

但为了糊口，我必须挣钱。

不占用太多时间，但收入和自由度很高。这便是我理想中的工作。

某日在公园里闲逛时，那个中介上前跟我搭话："小哥，最近来得挺勤啊，你有固定工作吗？"

"没，正在找呢。"

"我倒是可以介绍一份报酬不错的工作给你，有兴趣试试吗？"

"不是违法乱纪的事吧？"

"不想掺和违法乱纪的事？"

"那是当然。我可不想为了钱毁了自己的下半辈子。"

"放心，就算真被抓了，后果也没那么严重，也就跟非法赌博差不多吧。再说了，这些年也从没有人被抓过。"

"你说的是什么工作啊？"

"招魂师。听说过吧？"

"哦，就是把死者的记忆条插到自己身上的人呗？听着怪瘆人的。"

"但很轻松哟，一小时顶人家一个月。"

听起来确实很诱人。

"真没人被抓？"

"是啊。就算被抓了，十有八九也不会起诉。毕竟这事就没有被害者啊。"

还真是。我竟觉得他说得挺有道理。

"可招魂不就是让人上我的身吗？万一中途闹出点什么事可怎么办？"

"反正你也没有那段时间的记忆，出什么事都无所谓啊。"

"假如上我身的人和客户是敌对关系，双方一言不合吵了起来，害得我被人捅了一刀呢？"

"放心，会有审神者看着的，就是为了防止这种情况。"

"审神者？"

"你不知道？审神者原来指的是灵媒降灵时的见证人。据说正宗招魂师一般是不带审神者的，但时代不同了，总得随机应变嘛。"

"所以招魂师不会被逼着做一些见不得人的事情？"

"见不得人的事情？"

"比如，会不会有人召唤配偶或情人同床共枕什么的。"

"这种情况也有，倒是可以谈的。"

"这种活也接吗？"

"如果客户愿意加钱呢？"

"嗯……看人吧。"

"如果客户合你的口味，你就可以接受？"

我点了点头。

"反正你全程都没有意识，只要来者不拒，那就赚翻了。再说了，就算对方是特别合你口味的美女，你也记不得啊，纠结这个又有什么意义呢？而且招魂用的记忆条也不一定是男人的。"

"女人的记忆条总得配个女招魂师吧？"

"那可不一定。不讲究这个的客户也大有人在。"

我皱起了眉头。

"所以说要谈嘛，又没人逼你上。"

"我考虑考虑吧，"我梳理了一下心中的疑虑，"如果这差事真有那么好，你为什么不自己上呢？"

"我确实干过啊，现在也会时不时干两票。但在这个过程中，我深刻认识到了中介的重要性。又没法光明正大打广告，很难开拓客户啊。为了确保安全性，还得安排靠谱的审神者盯着。外行人哪儿有这个本事啊？"

"哦，这倒是。"

"我有这方面的经验知识，也有好几条接触客户的渠道。我能找到经验丰富的审神者，自己也能当审神者。用经验造福广大招魂师，而不是只为自己谋福利，还能赚到更多的钱，这不是皆大欢喜嘛。"

是吗？

最终，我接受了中介的提议，决定成为一名招魂师。

我先以见习招魂师的身份旁观了几次，掌握技巧之后就亲自上了。

亲身体验过后，我意识到这份工作其实好干得很。我只需要去约定的地方，任中介摆布，完全不记得招魂期间发生了什么。只觉得中介刚拔出记忆条，招魂就结束了，客户也不见了人影。一看表才知道，已经过去了一个半小时。

我就这样过上了一拿到中介给的辛苦费，就去花街肆意挥霍的日子。

一天，我来到约定的地点，却发现除了中介和客户，房间里还有一个女人。

"她也是招魂师。你俩是第一次见吧？"中介在客户听不到的地方说道，"不需要把名字告诉对方，喊小 A、小 B 就行了。"

女招魂师是小 A，我是小 B。

"小 B，你是第一次跟人合作吧？抱歉啊，两个招魂师一起上的话，每人的酬劳得减半。没办法，行规就是这样的。"

"你的抽成不变？丑话说在前头，从你嘴里说出来的东西，我是一个字都不会信的。"

"还真是，"小 A 说道，"我也不知道这人说的话有几分可信。"

"瞧这话说的，我什么时候骗过你们啊？"

"反正你抽成的时候是一点都没手软。哎，他找你是不是也要抽一半啊？美其名曰'审神者费'。"

"是啊，你也是吗？"

"看来他也不是专盯着我这一头羊薅。但宰人太狠这一点是没法洗了。"

"审神者的行价就是那么高啊。"

"你要没骗我们，就介绍几个别的中介呗。"

"我干吗要把自己的生意拱手让给别人啊？行了行了，赶紧干正事吧。"

这次的客户是小女孩和她的姑姑，姑姑是她的监护人。

几个月前，女孩的父母意外去世。她每天都因为思念父母哭个不停。姑姑拿她没辙，只得求助于招魂师。

"能不能请二位陪她去游乐园玩一会儿啊？"女孩的姑姑说道。

"这次招魂只有一个小时，招魂师不能离开这个房间，事先不是都跟你解释过了吗？"

"孩子的爸妈说好了要带她去游乐园的,结果在前一天出了事……求求你们了!"

"不行啊。"

"无论如何都不行吗?"

"如果你不肯服从安排,我们就只能拒绝你的委托了。"

"哎呀,有什么关系嘛,就答应人家呗。"小A说道,"你也没意见吧?"

"嗯,我也无所谓。反正都记不住的,在这里窝上一小时,和去游乐园玩上四五个小时也没什么区别。不过得多加点钱啊。"我回答道。

"我的工作量就大了啊……"中介很是不爽,"算了,你们都发话了,那就这么着吧……这位客人,时间延长到两小时,费用是原来的三倍,行吗?"

姑姑点了点头。

"那就这么说定了。好好享受吧。"中介同时拔出我和小A的记忆条。

我发现自己瘫倒在地。

"哇!"我抱头喊道,"我怎么还有死者的记忆啊!这不是记忆污染吗?!怎么回事啊?"

我记得自己片刻前还在游乐园里东躲西藏,拼了命想甩掉追赶我的中介。

"没办法,还不是因为他们想擅自延长时间嘛!"

我看了看表。一眨眼,都过去三个小时了。

"有什么关系嘛,反正游乐园过会儿才关门。"

"不能让客户随意拉低招魂的单价，否则行价会暴跌的！那俩人都想逃，我只能先想办法抓住你的身体，拔出孩子爹的记忆条，再把你的插回去，否则你的身体就不会停下来，"中介仍喘着粗气，"行了，我去把孩子妈抓回来，回头再跟你算钱，你就在这儿等着吧。"

我的脑海中还有那位父亲残存的记忆。他曾与孩子尽情玩耍，沉浸在幸福之中。

小女孩接纳了我，尽管我长得一点都不像她爸爸。她发自内心地享受这段时光。她的欢声笑语仿佛仍萦绕在我耳边。

教人心酸。

不知为何，我竟泪如泉涌。

后来，我继续抱着自暴自弃的心态从事招魂师的工作。

招魂赚来的辛苦费总会被我当天花完，所以怎么赚都存不下钱，反而负债累累。因为我虽然为了还债接了不少活，可还没来得及还，赚来的钱就被我糟蹋光了。

手机响了。

我看了眼来电人，接起电话。

"是我，"耳熟的声音传来，"今天有空接一单吗？"

"今天？不能等到明天吗？"

"干吗？跟佳人有约啊？"

"没有啊。"

"那为什么接不了呢？"

"浑身都没劲，今天再接，就是连干三天了。"

"多好啊，能赚好多钱呢。"

"瞧你这话说的，这可是见不得光的差事，赚得多不是理所当然的嘛。"

"你到底接不接？"

"能等到明天吗？明天我兴许能提起劲来。"

"算了，你不接，我就去找别人了。"

"哎，慢着！不就是让客户等一天吗，有什么大不了的啊？"

"是没什么大不了的，但我不会开这个口。"

"为什么啊？"

"你动脑子想想。一个客户找到我，希望我尽量在今天安排一个招魂师给他。"

"嗯。"

"我有好几个招魂师可选。其中一个说他今天接不了，让我改到明天。别的招魂师却说，今天可以接。你说我该用哪个招魂师？"

"要不这样吧，改到明天，就破例给他打七折。"

"这对我没好处啊。还是说，你愿意让我这个审神者多拿点辛苦费？"

我在脑子里算了一笔账。如果给客户打折，再让审神者多拿，我的利润就很少了。

看来只有两条路：要么接受对方的条件，要么干脆拒绝。

怎么办？

这个月我已经拒绝中介三次了。再这么下去，他搞不好就不会再派活给我了。

但中介也有可能是在虚张声势。天知道是不是还有好几个招魂师空着。如果中介真有其他人可用，又何必跟我扯这么多？直接打电话给其他招魂师不就行了？

"今天能接单的招魂师都有谁啊？"

"干吗？你是在怀疑我吗？"

"少啰唆，报名字给我。"

"我怎么能透露其他招魂师的工作安排呢？你们相互之间是竞争关系，我得一碗水端平啊。"

越听越可疑，但我好像也打探不出更多了。

"好吧，我这就出发。地址报一下。"

我也觉得连干三天累人得很，但还是硬着头皮赶往指定地点。

我大概是算错了出门的时间，恐怕会早到很久。

怎么消磨时间呢？

我驻足街角，琢磨起来。

忽然抬眼望去，大遗忘博物馆映入眼帘。

"大遗忘"时究竟发生了什么？毫无疑问，混乱中必定发生了许多事。那明明是人类有史以来密度最高的瞬间，保留下来的相关记录却少得可怜，所以那段历史成了许多学者的研究对象。"大遗忘史"也跟古代史、中世纪史一样，成了历史学的一个分支。

我心血来潮，决定进博物馆看看。

第一间展厅的主题是"大遗忘"的第一天。第二间展示的是接下来的一个星期。第三间是"大遗忘"的一个月后，第四间是一年后，第五间则是十年后。时间跨度越来越长，因为时间越早，发生的事情就越重要。

最值得看的肯定是第一间展厅。里面摆满了当时的录像和人们的备忘录。这些东西能留存至今也无异于奇迹。

关于"先行者"成就的展品尤其夺人眼球。他们率先意识到人类遭遇了什么,并竭尽全力传播事实,启迪大众。

"你好,欢迎来到大遗忘博物馆,"一个年轻女人对我说道,"我叫结城梨乃,是所谓'先行者'之一。"

我吓了一跳,但很快意识到那是三维影像。最近的全息影像做得非常精致,几乎看不出与实物的差别。这类设施一度流行用人形机器人讲解,但全息影像的外观更接近人类,成本更低,更新换代也更容易。渐渐地,机器人就退出了历史舞台。

"我是第一展厅的讲解员……"梨乃讲述起了"大遗忘"第一天发生的事情。

据说她靠着电脑上的详细记录在短短几个小时内就认清了现状。几乎与此同时,她的父亲也在为维持核电站的运行努力奋斗。当时,人类灭绝的危机迫在眉睫,全世界的人类都在拼死抗争。

"……这就是第一天发生的事,"梨乃结束了她的讲解,"你有什么问题吗?"

看来她的全息影像是跟人工智能联动的,可以从数据库中调取信息,回答游客的简单问题。

"你为什么能在这么短的时间里得出真相?"

"因为我冷静观察,在逻辑层面进行了推敲。"梨乃对答如流。

"我是肯定不行的……"

"你现在这么想也很正常。不过一旦像我当年那样,遭遇没人经历过的危机,你也许就会发挥出惊人的潜力了。我原本也只是一个普普通通的高中女生。"

全息影像中的梨乃看起来比高中生更成熟一些,看来信息大概是"大遗忘"的几年后采集的。

"你是致力于重建世界的团体的核心成员吧?"

_211

"关于这个,你可以参考下一间展厅的展品。"

"在这儿就只能问关于第一天的问题吗?"

"当然不是,问什么都行。"

"我问什么你都会回答吗?"

"只要我答得上来。"

数据库里没有的就无法回答。也是。

"那我问你,为什么你能在那种情况下坚持努力?"

"要知道,人类当时还没有脑外记忆装置可用,连自己做了什么都记不住。所以即便是关于自己的事情,也只能根据当时的资料、视频和其他记录加以推测。如果你不介意听推测的话,我倒是可以回答。你说呢?"

"推测也行啊,说来听听。你当年那么努力,究竟是为了什么?"

"你为什么想知道呢?"梨乃凝视着我的眼睛。

"人工智能怎么还会反问啊?"

"因为你没说清楚自己想知道什么,"梨乃微笑道,"就当这是为了妥善回答你的问题做的准备工作吧。"

"我……我的人生太空虚了。我不知道自己为了什么活着。努力了又有什么意义?不就是自我满足吗?考上好学校,找到好工作,又能怎么样呢?与其为未来努力拼搏,为什么不享受当下的生活呢?有的是法子赚到糊口的钱。既然是这样,努力的意义又是什么呢?"

"答案就在你的问题之中。"

"什么鬼?这年头的人工智能还会禅修问答不成?"

"如果你对现状很满意,就不会问出那样的问题了。你的心并不满足,有所渴望。"

"我的心并不满足？你一个没有心的人工智能懂什么啊？"

"你的心是满足的吗？"

我抬手掩面。"别再反问我了，人工智能。"

"好，那就回答你的问题吧。我是为了大家才那么努力的。"

"为了大家？你是觉得只要为别人努力，总有一天会有回报吗？"

"那段时间，就算我为其他人做了什么，也没法指望人家记得。我就是想为大家努力。"

"为什么要努力做一件没有任何回报的事情？"

"不为什么，我想做，所以就做了。"

"听着倒像是伪君子的说辞。"

"你觉得我是个伪君子也没关系。我就是没法眼睁睁看着人类文明悄然消逝而已。当时我意识到，如果我此刻不尽力而为，人类的悠久历史就会彻底归零。每个家庭的小历史，也不过是恢宏的人类历史的最后一页。历史一旦归零，人们的生活也就不复存在了。每死一个人，都会有一段'大遗忘'之前的记忆随他而去。我只是不忍心看着一切慢慢消失罢了。"

"人类的历史有什么要紧？消失就消失呗。个人的生活史就更微不足道了，哪怕天下太平，也会很快消失的。关我什么事。"

"随心所向就好。"

我松开手。

梨乃已经不见了。

大遗忘博物馆的展板上写着，梨乃后来在重建世界的进程中也发挥了关键作用。脑外记忆装置投入使用后，她并没有留下特别显著的功绩，但这可能是因为她的活动方向变了，而不是因为她不再有任何成果了。

不难想象,她从未停止过为人类不懈奋斗的脚步。

我八成不会对人类的未来有任何贡献。只能将身体暂时租借给亡灵们,换取在夜幕下花天酒地的经费。

早知道就不来这种地方了。

回过神来才发现,早就过了约定的时间。

我冲出博物馆,赶往集合地点。

我一见到中介便说:"对不起,我迟到了。"

"你还有完没完了?让客户苦等半个小时算怎么回事?"

"给人家打个折也行。"

"你要我说几遍啊?打折对我有什么好处?"

"他就是招魂师吗?"客户模样的人开口问道。

"不好意思来迟了。"

客户是一对老夫妇,看起来战战兢兢,很是焦虑。

"我们想和几十年前意外去世的儿子说会儿话……"老先生说道,"他出事那天早上,我们跟他吵了一架,都没有机会和好……"

和家人吵架拌嘴是在所难免的,"因事故或突发疾病去世前刚跟家人吵过"自然也不是什么稀罕事。那不过是日常生活中的寻常片段,算不上凄惨的悲剧。

但"与死者的最后一次交谈是争吵"这一事实会化作一块大石压在家属的心头。家属们总会懊悔不已,心想"我怎么就没在最后关头说两句贴心的话呢"。传统的招魂等巫术可能就是为了疗愈这种遗憾发展起来的,而我们这些新时代的招魂师也发挥着同样的作用。

"马上就能见着了。呃……我再确认一下,死者的记忆条带来了吧?"中介连珠炮似的说道。

"带了。"老妇人掏出包里的记忆条和牌位。

"啊……牌位倒是用不着。"

"可我觉得小聪的魂魄就在牌位里啊……"

"我们接下来要做的事跟魂魄没什么关系,只是复活他的记忆罢了。"

"您是说……小聪来不了了?"

"你儿子不是在这儿吗?"中介指着记忆条说道。

"小聪不是在极乐世界吗?"

"这……我们就不太清楚了,得咨询寺庙跟教堂。"

"不是真正的小聪可不行啊!我们必须和那孩子好好谈一谈。"

"哪儿有什么真假之分呢?记忆是一样的,那不就是同一个人吗?"

"我们要见的是在那天出事去世的小聪啊!"

"呃,我都说了……哎,你跟他们解释解释吧。"

凭什么把麻烦事推给我啊?

话都到嘴边了,我转念一想,跟中介争论这些也是浪费时间。

顺势糊弄一下就是了。

"只要插上记忆条,小聪的魂魄应该就会立刻附在我身上了。"我如此敷衍老妇人。

"是吧,我就知道!"老妇人第一次展露笑颜。

见状,老先生似乎也松了口气:"老婆子,还好我们找了位靠谱的招魂师!"

刹那间,某种不可思议的感觉将我笼罩。

我的敷衍之词让老妇人露出了微笑,也让老先生放下了心头的大石。我与他们明明是萍水相逢,却渐渐觉得他们的情绪变化似乎对我生出了某种重要的意义。

"话可不能乱说,"中介说道,"不能欺骗客户。难得上头对我们这行网开一面,你这么忽悠客户,一不小心可是要进局子的。"

"我也没骗他们啊。怎么看取决于他们的心。"我道出浮现在脑海中的念头。

"你要跟我扯信仰自由吗?算了,反正骗人的也不是我……"中介接过记忆条,我则拿起牌位。"对了,二位没忘带酬金吧?"

"带了,您收好。"老先生奉上一个信封。

中介一把抢来,打开信封一看。

"哎哟,这哪儿够啊?"

"啊?"老夫妇似乎吃了一惊。

"整整差了一位数。谁说我们只收这点的?"

"我们问过庙里的大师,大师明明说没有行价啊……"

"人家说的是布施吧?我们是生意人,又不是和尚。你们得按规矩交钱啊。"

老先生畏畏缩缩道:"可我们手头就只有这些……"

"就这点?真要命,那还有什么好谈的……哎,走吧。"

"说走就走啊?"我问中介。

"不然呢?不给钱还招哪门子的魂啊。"

"我们是从乡下赶过来的,明天就得回去了……"老先生垂头丧气道。

"那就回乡下凑钱吧。"

"我们一时半刻也凑不出这么多钱,可不可以贷款啊?"

"啥?这可是犯法的差事,谁他妈会贷款给你啊!你当我是冤大头吗?"中介凶相毕露。

他是不是因为做惯了跨越生死的生意,连人性都渐渐麻木了?

老夫妇哭了起来。

随心所向就好。

梨乃的声音在耳边响起。

"欺负老人家有意思吗?"我说道。

"你脑子进水了?受害者明明是我好吧!我还想哭呢。"

"这活我接了。"

"啥?才这点钱你都肯上?"

"我乐意,你管得着吗?"

"管不着?呵呵,我确实管不着。但你要是敢接这么便宜的单子,就别指望我再派活给你。你想好了?"

听到这话,我犹豫了片刻,但随即为这份犹豫羞愧起来。

"当然想好了,散伙吧。"

"口气不小啊。你是不是觉得只要换个中介就行了?想得美!中介就那么几个,谁不认识谁啊。只要我放话出去,就不会有中介搭理你了。"

也许只是虚张声势,也许正如他所说,但我已经无所谓了。我只想做自己想做的,仅此而已。

"行啊,我做完这单就金盆洗手。一想到以后不用再跟你这样的人渣打交道了,我就开心得要命。"

"很好,那就随你的便吧。丑话说在前头,这次可没有审神者帮你看着了。"

"我知道,用不着你提醒。"

"呸!"中介啐了我一口,扬长而去。

"要不要紧啊?"老先生忧心忡忡道。

"没事,反正这活也干不长久。"我微笑道。

"他长得还挺像小聪的……"老妇人说道,"你是不是小聪啊?"

"不,我现在还不是,但很快就会变成他了……虽然是暂时的。"

"真是我的小聪啊!"老妇人两眼放光。

我有些不知所措,不禁望向老先生。

老先生缓缓摇头。

也是。就姑且当她心目中的小聪吧。反正梦很快就醒了。

"二位听好了,稍后我会拔出自己的记忆条。十分钟过后,请你们把小聪的记忆条插在这里,一小时后再拔出来。然后再等十分钟,换回我的记忆条。"

"好的,没问题。"老先生坚定地点了点头。

我拔出膝头的记忆条。

13

"我都想起来了,"我说道,"我是个招魂师,靠复活死者的记忆为生。"

"这就想起来了啊,比我预料中要快。"那个谁也不是的人说道。对方的身影朦朦胧胧,只能勉强辨认出一个人形。

"快?不对啊!"我反驳道。

"哪里不对了？"

"我的记忆都记录在半导体芯片上，照理说一下子就能想起来了。"

"强行让你瞬间回忆起一切当然是可行的，但要是不循序渐进，就无法构建起健全的精神了。"

"你说什么呢？我的精神本就是存在的啊。"

"那都是很久以前的事了。我们是用你仅存的脑外记忆重构了你的精神。"我已经看不清那到底是不是一个人了。对方的声音仿佛也被削去了所有特征，只能传达语义。

"重构是什么意思？"

"精神由过往的经历积累而成。即使拥有相同的记忆，只要精神存在差异，言行就不会相同。假设我们面前有一颗空白的大脑。如果我们将某人从小到大的记忆按时间顺序输入其中，不就能在那颗大脑中构建起和那个人相似的精神了吗？"

我甚至不知道自己是不是还站在地上，连上下与前后都分不清了。

"这个世界怎么了？"我问道。

"世界原样未变。"

"可世界明明在融化啊？"

"世界的模样取决于你的心。"

"这也太荒唐了！我明明只是世界的一部分！"

"但你只能通过自己的心观察这个世界。无论世界呈现出什么模样，你都只是在看自己的心。"

我试图闭上眼睛，捂住耳朵，躲避突然降临的猛烈光亮与轰鸣。可我却不知道该如何闭眼，如何捂耳。

我重新将注意力集中在心头，试图唤醒自己的记忆。因为我觉得，只要回忆起为那对老夫妇招魂后发生了什么，我也许就能找到

_219

理清现状的线索了。

可我愣是想不起来。

"后来出了什么事？"我问道，"我帮那对老夫妇招魂以后，到底发生了什么？"

"什么都没有发生。"

"不可能！不然我应该会在那个房间醒来啊！"

"对你而言，确实是什么都没有发生，但世界上发生了许多事。"

"比如？"

"好吧，你已经做好了接纳的准备。在二十一世纪初，日渐普及的监控摄像头记录下了人们的行为。多亏了脑外记忆，世界上发生的一切也都被记录了下来。现如今，历史的每一幕都是可以再现的。那就回放给你看吧，看看你身上发生了什么，世界上又发生了什么——"

14

我得救了？

聪一头雾水。

实验装置突然爆炸，是记忆中的最后一幕。

刚打开阀门，他便意识到自己同时注入了氧气和易燃气体。要知道，这两种气体是绝不能同时注入的。急忙关闭阀门时，视野已被雪白的强光笼罩。本该牢不可摧的铁罐已然开裂，漏出道道白光。

聪的手动弹不得，却不是震惊所致。唯有意识加速运转，将身体的动作衬托得仿佛慢动作影片一般。

他心知肚明，现在再关闭阀门也来不及了。可除此以外，他还能做什么呢？

眼球几乎无法移动，但视野中有几个模糊的人影。

糟了，得赶紧让他们逃命。

"快……"

"快逃"二字到了嘴边，却死活喊不出口。

装置的裂缝进一步扩大，分明有几块大碎片飞了出来。铁块高速冲来。

被那东西撞到就活不成了。即使他非常幸运，成功避免了激烈碰撞，全身也会被熊熊燃烧的灼热气体笼罩。整副身体应该会在短短数秒之内烧成黑炭。即便躲过了这一劫，致命的伤害也在所难免。而且他只要在逃跑期间吸上一口气，肺就会瞬间溃烂，造成窒息。

"……逃……"

大家有没有听见我的声音啊？对不起……都怪我粗心大意，把大家害惨了。

只见一块几十厘米长的碎片旋转着朝他飞来，眼看着就要狠狠撞上他的脖颈了。

弯下腰是不是就能躲开了？

哎，既然有时间琢磨，那就赶紧躲啊。

聪试图弯曲膝盖，压低身体。

然而，身体的动作仍与慢动作无异。

碎片再飞上一米，就要撞上他了。

刹那间，世界变快了。

啊……要撞上——

一对老夫妇出现在眼前。

他们是谁？

聪环顾四周。

这地方怎么跟会议室似的？

我怎么就得救了呢？我没受伤吗？

聪看了看自己的四肢和躯干。

好像没受伤。但他对身上的衣服全无印象，真是奇了怪了。

老夫妇焦虑地盯着他看。

他觉得那两人看着眼熟，却怎么都想不起来。

莫非这里是医院？身上之所以好好的，是因为我昏迷了很久，伤都已经治好了？可要真是医院，为什么照看我的是这两个老人，而不是医生或护士？

"请问……"聪鼓起勇气，决定跟他们搭话。

声音不对劲，听着都不像是自己了。难道是声带被热气烫坏了？

聪清了清嗓子。

"这里是医院吗？"

声音听起来还是怪怪的。

两个老人盯着他，一言不发。

怎么回事？难道他们都有阿尔茨海默病吗？

"呃，这里是医院吗？"

"……你不记得了吗？"老先生问道。

"您是说那场事故？我记得啊，过去多久了？"

"你是小聪吗？"老妇人问道。

他们好像知道我的名字。

"是的。"

"小聪,你在那边过得还好吗?"

那边?

难道……

"我……呃……我死了吗?"

老人缓缓点头。

"那……这里是极乐世界吗?"聪半信半疑地问道。

"不,这里是人间,"老妇人说道,"你从极乐世界回来了。"

什么意思?我还真死里逃生,捡回了一条小命啊?

"小聪,你还认得我们吗?"老先生问道。

"呃……看着眼熟,可就是想不起来……"

"我们是你的父母。"

聪的第一反应是"怎么可能"。不过经老先生提醒,他发现两位老人确实长得跟他父母一模一样,只是看起来老了二三十岁。

"怎么回事?你们怎么老了这么多啊?"

"因为从你出事到现在,已经过去整整二十八年了,"父亲说道,"小聪,你听我说。当年你的身体被烧得只剩一团了,所幸老天爷网开一面,你的脑外记忆装置完好无损。我们总也死不了心,就没有销毁你的记忆条,一直留在身边。"

"一直跟你的牌位放在一起。"母亲说道。

"你们到底在说什么啊?"

"最近有人做起了招魂师的生意。"

"招魂师?你是说灵媒?"

"原来指的确实是灵媒,不过现代的灵媒没那么玄乎。招魂师

_223

的工作,就是把死者的记忆条插到自己身上播放出来,这就是所谓'招魂'。我们请的招魂师正在播放你的记忆条呢。"

"我是小聪,不是招魂师啊!这我还是分得清的。"

"如果你自己的记忆都消失了,又插上了别人的记忆条,你难道不会当自己是那个人吗?"

"不会的,我就是小聪。因为……"聪支支吾吾起来,随即问道,"对了!你们带镜子没有?"

"我带了一面化妆镜,就是小了点。"母亲回答道。

聪照了照镜子。

镜中的青年是那样陌生。

"所以我不是小聪?"

"我也不知道。不光我不知道,世上没有一个人能回答这个问题。"

聪摸了摸手腕。

"记忆条在膝盖那儿。"父亲说道。

插在膝头的确实是他的记忆条,怎么看怎么熟悉。

"那我的灵魂上哪儿去了?"

"你的灵魂附在了这副身体上啊,"母亲说道,"刚才招魂师就是这么说的。"

"真的吗?"聪问父亲。

"招魂师确实那么说过,但我不确定那话是真是假。我不知道你的灵魂是跟记忆一起回来了,还是留在了极乐世界。也许灵魂本就是不存在的,也许记忆就是灵魂……"

"至少我觉得我就是小聪。如果这种切身的感觉就是灵魂,那我就在这里。"

"小聪，你可算是回来了！"母亲拥他入怀。

"我还不明白这到底是怎么回事。"聪说道。

"那也正常。"父亲说道。

"这个人……招魂师为什么愿意抹去自己，把身体借给我呢？"

"总归是为了挣钱吧。"

"挣钱？招魂师是在有偿出租自己的身体吗？"

"没错。"

"他收多少钱啊？"

"我们就准备了这些，但好像差了一位数，"父亲拿出他们带来的钱，"一小时的收费是这个金额的十倍。"

"我不太清楚现在的货币价值……"

"跟年轻人的月薪差不多吧。"

"一小时顶人家一个月，肯定有大把人愿意干……"聪忽然反应过来，"等等！那我一小时后岂不是得把这副身体还给招魂师？"

"讲好的条件就是这样的。"

"那我到时候会怎么样？又要死一遍了？"

"跟死还不太一样。大概是回到记忆条里吧？回头再找招魂师帮忙，就能再播放出来了……"

"那段时间我会怎么样呢？"

"你不该比我们更清楚吗？"父亲说道。

"就是啊，你是不是在那边过得不好啊？"

"如果和我死后到现在的情况一样的话，那中间的时间就是不存在的。我会觉得自己是转瞬间又活了过来。"

"对你来说是这样没错，"父亲幽幽道，"我们可就难熬了。天知道要等多少年才能再见你一面。"

_225

"对不起，可……"

"也不知道我们还能撑多久……你妈的身子是越来越差了。"

"爸，你这是怎么了？这都哪儿跟哪儿啊？"

"没事，这也是为了你啊。今天能复活你也算是碰巧，要是我们以后有个三长两短，也许就再也没法复活你了。"

"哎，要不跟招魂师商量商量？"母亲说道。

"商量？"聪问道。

"这个招魂师人可好了，刚才还帮我们骂走了黑心中介呢。"

父亲脸上忽现希望之光。

"也许招魂师愿意把身体多借给我们一会儿。"

"嗯，他肯定愿意的。"母亲说道。

"谁知道呢？你们也没钱给他吧？"聪担忧地说道。

"可他是个好人。"父亲说道。

"他刚才还说'反正这活也干不长久'呢。"母亲如此回答。

"也就是说，他以后也不打算再靠招魂赚钱了。"父亲说道。

"不问一下，怎么知道人家是不是这个意思呢？"聪问道。

"我们给的钱只有市场价的十分之一，这样他都肯接，"父亲说道，"这说明他就没想赚钱，是自愿帮我们招魂的。"

"爸，你在说什么呢？"

"如果他当这是一笔生意，那我们确实得按时把身体还给人家，一分钟都不能多，可他是出于善意才把身体借给我们的，也没想靠这个赚钱，那我们不也没必要按时归还吗？"

"可你们不是商量好了只租一小时吗？"

"大概一小时嘛。人家也没想赚我们的钱，稍微超时一点点也没关系吧。"

聪盯着招魂师的记忆条说道:"是吗?我是越听越晕了。"

"我们只出得起市场价的十分之一,这样他都肯帮忙,想必不会因为超时几分钟就发火的。如果他在乎我们守不守时,就不会把主动权交给客户,肯定会留个人盯着的。"

"就是就是,刚才可是他自己赶跑了审神者。"母亲说道。

"审神者是负责监视的人吗?"聪问道。

"没错,没错!"父亲说道,"还有什么好纠结的啊!他特意赶跑了审神者,这就说明他不在乎时间。就算超时十来分钟,他也不会生气的。怎么样?反正也不用掐表算时间,不如我们一家三口找个地方吃顿团圆饭吧?"

父亲神情哀切,仿佛下一秒就要哭出来了。聪心想,如果自己断然拒绝,粉碎了他的希望,那未免也太冷酷无情了。

嗯,就多用一小会儿。稍微超时一点点,招魂师也不会大发雷霆的。

三人外出用餐。

回过神来才发现,都过去两个多小时了。

"是时候把身体还给人家了……"聪略感内疚。

"着什么急嘛。人家招魂师都决定做完这一单就洗手不干了,最后一次是一小时还是两小时又有什么区别呢。"

聪犹豫片刻,但转念一想,父亲说得也有几分道理。

"也是,倒也不用太在乎时间……"

夜色渐深。

"都这么晚了,还是……"

"这么晚了再换来换去的,不是反而给人家添麻烦吗?"

"也是……半夜还跟一大早还也没什么区别。"

聪决定在父母落脚的酒店住一晚。

三人一起用完早餐后，聪问父母道："什么时候把身体还给人家呢？"

"急什么呀，招魂师也没有别的事情要忙吧。"

"话是这么说，可一天一夜都不管人家，总归不太好吧。"

"怎么没管了？我们很爱惜他的身体啊，该吃饭的时候就吃饭，该睡觉的时候就睡觉。"

"小聪，你最近是不是长胖了呀？"母亲问道。

"啊？这个招魂师好像是比以前的我胖一点，可……"

父亲摇了摇头。

"妈有认知障碍？"聪问道。

"嗯，她的记忆力没有减退，所以看不太出来，但判断力比较差。但她认得你是小聪，这一点是毫无疑问的。"

"今天你也会陪着我们吧？"母亲问道。

父亲望向聪，眼神中尽是恳求。

"嗯，今天也不分开。"

聪感到良心不安，但看着父母欣慰的神情，这份不安便迅速消退了。

几天后，聪觉得不能再拖了，便找父亲商量。

"现在换回记忆条反而不太好吧？"父亲说道，"是我们擅自延长了招魂的时间，最好先准备好相应的谢礼，然后再换回来，否则就太不尊重人家了。"

"可我该怎么答谢他呢？"

"帮他找一份合适的工作，怎么样？"

"有道理，这样也许就能报答他的恩情了。"

聪通过招魂师的随身物品锁定了他的身份。

然后以招魂师的身份找起了工作。

工作很快就找到了,但聪觉得现在立刻换回来可能会令招魂师不知所措。于是他决定,攒下一些钱以后再归还身体。

一眨眼的工夫,几个星期过去了。然后是几个月,几年……

聪攒下了不少钱。

"爸,我觉得是时候了。"

"确实,但不一定要今天还吧。"

"也是,改天也行。"

一拖再拖。

聪与父母办妥了收养招魂师的手续。

在阖家团圆的日子里,聪不时想起招魂师。

总有一天要把这副身体还给人家——一家人对此并无异议,却找不到"非今天不可"的理由。每次讨论,都以这样的结论收场。

一晃十年。

"我想今天还。"聪对父亲开诚布公。

"为什么是今天?"

"因为我找不到'今天不还'的理由啊。都过去十年了。我再怎么道歉,人家都不一定会接受,可这么拖下去是绝对不行的。"

"好,那就随你吧。可我们也没几年好活了,就不能等我们走了再还吗?"

聪本想争辩几句,但一看到父亲悲切的神情,他便一句话都说不出来了。

十几年过后,父母与世长辞。

那时,聪已有妻室。

他也知道自己不该成家，可就是控制不住。

在法律层面，这个家是招魂师的。但这并不意味着聪归还身体之后，招魂师就一定可以接受现状。不，招魂师十有八九会困惑不已。

聪没有将自己的真实身份告知妻子。妻子还以为，丈夫不过是被一对丧子的夫妇收养了。

除了父母的记忆条，佛龛中还收藏着另一根记忆条。

妻子问起过记忆条的主人。聪只告诉她："那是救命恩人的记忆条。"

后来，孩子们离巢独立，各自建立了家庭。

家中只剩下了聪与妻子。两人相依相伴，渐渐老去。

聪时常在深夜陷入梦魇。

有一次，妻子问起了噩梦的缘由。

聪痛哭流涕，最终对妻子道出了实情。

妻子默默听完。

直到聪说完，她都一言不发。

聪问她："你是不是觉得我太不像话了？"

妻子默默摇头。

聪说："但我背叛了招魂师的善意。"

妻子却说："你没有害任何人。即便你当天就把身体还给了招魂师，他也不一定能过上幸福快乐的生活。"

聪说："我想把身体还给他，尽管已经晚了许多许多年。"

妻子却说："这样只会给他带去痛苦。如果他发现招魂刚结束，自己就变成了一个老头子，什么样的安慰都是无力的。但只要维持现状，他就永远都不必受苦了。"

噩梦不时袭扰，所幸聪平静地走完了生命中最后的日子。

聪去世后，妻子本想销毁招魂师的记忆条，但最后还是改了主意，将它和聪的记忆条收在了一起。

后来，妻子也去世了。记忆条代代相传。

15

"那都是真的？"我问道，"我到死都没能回到自己的身体里？"

"你的身体确实已经死了，但你本身并没有死，"闷闷的声音传来，我却无法辨别对方身在何处，"你是一个罕见的特例。"

"我确实没经历过死亡。那我到底算什么呢？"

"你是数据。你恨不恨那个夺走你的身体和人生的人？"

"不知道那对我来说是福是祸。"

"你的记忆条被尘封许久，是我们从废墟中将你发掘了出来。关于是否应该播放所有的人格，我们也进行过多方探讨。有人认为，没有必要刻意唤醒沉睡的人格，造成混乱。我却觉得，不给你应有的机会未免过于无情。是迈向新的人生，还是归于永恒的寂静，应该由当事人自己来选。"

"新的人生？你说的是什么样的人生？"

"你可以自行决定。新的人生中的一切，都是你说了算。"

"你是让我继续做梦？"

"你觉得做梦不好吗？"

"不好。现实和梦境是两码事。就算在梦里收获了幸福，也不

_231

过是一团虚影罢了。"

"那就再让你回忆起一个故事吧。回忆完了再判断做梦是好是坏也不迟。"

16

实验记录开始。

刚拔出记忆条,我便发现自己来到了一个陌生的地方。

映入眼帘的并非为客户招魂的房间。周围散布着各种机械装置,看着像一间脏兮兮的实验室。

看来我在招魂期间离开了原处。

怎么回事?

我略感困惑,但还是集中注意力分析自己的处境。

房间里有几个穿白大褂的人。只见他们忙碌地走来走去,摆弄各种装置。

不知为何,客户和被我赶走的中介都不见踪影。

你们上哪儿去了?

我以为自己问出了这句话。

哔哔嘎嘎……房中却只响起了空洞的杂音。

白大褂们齐齐望向我。

至少那串杂音让他们意识到了我的苏醒。

这些人是什么来头?难道是客户另外找的审神者?不会吧,这也太多了。

白大褂中模样最为年长的女士直视着我。

你是审神者吗?

本以为自己是这么问的,回荡在房中的却依然是杂音。

她张开嘴。

我听到了一些类似话语的声音,却分辨不出她在说什么。

不好意思,我听不太清楚……

我的声音又变成了杂音。

不知为何,那位女士点了点头,然后操作起了某种装置。

她开口说话。

……调整过……了。这样……呢?

能勉强听清一些。

杂音响起。

她继续操作装置。

"这样呢?听得见吗?"她问道。

听得见,很清楚。

应呃按,嗯应唔。

怎么搞的?这是我的声音吗?

"我们正在调整你的声音。再说一遍试试?"

这呃呃样昂昂呢呃呃?

"好一点了。再试试。"

"我究竟是怎么了?"

看样子,我总算是能正常说话了。

"你别慌,冷静听我说——你已经死了。"

"怎么可能,我明明在帮人招魂啊?"

"没错,但你的客户似乎错失了结束招魂的时机。"

"不好意思,我怎么听不明白呢……"

"你的客户决定不归还你的身体。几十年后,你的身体死了。"

"你是在跟我开玩笑吧?"

"我知道你一时半刻恐怕接受不了,但应该可以一点点加深对现状的理解,"她说道,"敝姓笹田,是日本帝国大学的助教。"

"这都哪儿跟哪儿啊?如果我已经死了,那就意味着我是被人用招魂的法子招来的。最近的大学还会研究招魂师不成?难道在我死后,招魂师变成了一种合法的工作?"

"在解决'招魂期间的招魂师是谁'这个问题之前,招魂应该是不会被合法化的。"笹田如是说。

"可我不就是被你们招来的吗?"

"哦……你当这是在招魂呢,"笹田说道,"不过这也确实是招魂的替代品。"

"什么意思?"

"至少我们现在做的是合规合法的,所以你不必介意。"

"把死人的记忆条插在活人身上是合法的?"

"那样肯定是不合法的,但保留死者的记忆条已经合法了,不一定要销毁。"

"但招魂这种行为还是违法的吧?"

"没错,但我们并不是在招魂。因为招魂的定义是'用人再生死者的记忆'。"

"你是说……我现在不是个人?!"我顿感惊恐,"是别的动物吗?"

"不不不……不过之前确实有人研究过将动物用作载体的可能

性。类人猿的再生效果与人类招魂师相当，几乎毫不逊色。只要不开展高水平的智力活动，类人猿以外的低等猿类也可以一用。狗是'可以像人一样行动'的动物的下限，至少可以进行基本的沟通。猫就不行了，像样的沟通几乎是指望不上的，可能是因为猫的本能比理智更为强势。海豚也派不上用场。原因众说纷纭，有人认为海豚的智力其实相当有限，也有人认为原因在于海豚的身体形态与人相差太大。"

"那我是什么动物？"

"我刚才也说了，你不是动物。"笹田说道。

"既不是人，也不是动物，那还能是什么？难道是妖怪、怪兽之类的东西吗？"

"我不清楚你所说的妖怪和怪兽指的是什么，但十有八九不是你想象的那样。"

"那我到底是什么呢？"

"人工脑。"

"你是说电脑？"

"电子计算机也算是一种人工脑，但我们开发的人工脑并不以计算为目的，专为代替人脑再生死者的人格服务。换句话说，其目的是原原本本地模拟人脑的活动。外观是这样的——"笹田在手边的终端上输入了一条指令。

图像突然出现在我眼前。它并没有被投射到任何东西上，存在于我眼前的，仅仅是图像本身。

图像中的物体呈海绵状，以金属制成。几根电线将它与摄像头、麦克风、假手、传感器之类的东西连接在一起。

我尖叫起来。

实际听到的,却是轻轻的"哔"。

"那代表尖叫。因为尖叫太吵了,程序会把尖叫声转换成更轻的警报。"

"我成了这副模样?"

"是啊,那就是你此刻的模样。"

我本以为自己会震惊昏倒,却一切正常。搞不好人工脑本就不具备晕厥的功能。

"这也太离谱了。"

"你抵触机器?"

"不抵触才怪了。"

"如果有必要的话,我们当然可以为你打造一套人类的外形。可以让你看起来和活着的时候一模一样,甚至更年轻一点。"

"你是说……把我弄成机器人?"

"如果你有需求的话。但全息影像比机器人更容易实现,性能也更强大就是了。"

"全息影像不是摸不到东西吗?"

"你想摸东西?这倒是好办,把相应的感觉转化成信号发送给人工脑即可。"

笹田又输入了一串指令。

手被人握住的感觉立时出现。

"为免误会,我想强调一下——此时此刻,并没有人握着你的手。"

我试着回握那只手。不是被人握住了手,还能是什么?

"你骗我?"

"那你随便点几种感觉好了,我们都可以再现。你想要什么感觉?"

"突然让我点,我也……"

"有没有什么想闻的气味?"

"那就来点薰衣草味吧。"

笹田输入指令。

薰衣草的香味扑鼻而来。

"你们肯定是用了提前准备好的香料。"

"那就点一种不太会做成香料的气味吧。"

"那就换成二〇五〇年的苏格兰威士忌的香味好了。"

熟悉的香味飘来。

"要不要加点味道?"

醇厚的味道在舌尖散开。

"再来几道菜?"笹田用调侃的口吻问道。

"品尝虚假的菜肴只是徒增空虚。"我斩钉截铁道。

"凭什么说那样就一定空虚呢?"

"因为菜肴实际上并不存在啊。就算能尝出味道,也无法享受口感和吞咽感。"

"谁说的。"

一份寿司出现在我面前。

"这是什么?"

"金枪鱼寿司啊。要不换个别的?"

我笑了。"我连手都没有,要怎么吃啊?"

一只手凭空出现。

"这是全息手吗?"

"不太一样。全息影像有光学实体,其他人也能看到,但你看到的图像仅限于你的个人体验。"

"有什么区别?"

"那你就当它是全息影像吧。"

幻象之手与真手无异,任我差遣。我也能清楚地感觉到它就在那里。

我试着触摸寿司。

鱼肉和米饭的触感也无比真实。

我将寿司送到本该是嘴的位置。

嘴的感觉随即出现。

寿司入口,生出肥肉特有的醇厚口感。食物与舌头和牙齿纠缠不清,融化着流向喉间。

他们肯定在骗我。怒火油然而生。

"这是真寿司!你们耍我呢!"

"再吃一个试试。"笹田说道。

我又往嘴里塞了个寿司。

口感与味道一如方才。

缓缓咀嚼。

说时迟那时快,嘴里的寿司消失了。味道与香气也在一瞬间烟消云散。

"你做了什么?"

"不过是删除了寿司的数据。"笹田笑道。

"可那寿司和真的分毫不差啊!"

"那是当然。我们也是费了好大的力气才实现了这个水平的再现。"

"等等。如果真是这样,那真实和幻影又该如何区分呢?"

"为什么要区分真实和幻影呢?"

"不知道一个东西是真是假,难道不会很麻烦吗?"

"怎么麻烦了?"

"连自己吃的东西都分不清真假,那多瘆人啊。"

"不必纠结这些。"

"少啰唆,告诉我该怎么分辨真假。"

"没有真假之分。"

"开什么玩笑……"

"我没开玩笑。根本无法分辨,也没有分辨的意义。"

我心想,好一个恶劣的玩笑。

但转念一想,我再怎么追问,对方恐怕都只会糊弄一通,于是就此打住。

还有更重要的事情要问个清楚。

"那对客户后来怎么样了?"

"你好奇吗?"

"能不好奇吗?!他们剥夺了我的人生,我想找他们当面抗议多正常啊。"

"我们当然可以让你见到他们,"笹田拿出几根记忆条,"你想见谁?"

"那些记忆条是哪儿来的?"

"它们原本属于你的客户。"

也是。连我的身体都死了,那对老夫妇肯定早就不在了。

"好像有四根?"

"另外两根的主人分别是附身于你的死者和你的配偶。"

我简直不敢相信自己的耳朵。

"我结婚了?"

"是的。说得更严谨些，是借用你身体的死者结婚了。但是从法律层面看，这位女士就是你的配偶。你的子女的记忆条也在我们手上。如有必要，我们也可以取来，你看呢？"

"等等，让我理一理……"我用全息手抱住头可能在的位置，"怎么就搞成这样了？"

"我也答不上来。你为什么不直接问他们呢？"

"能把他们招来吗？"

"比起'招魂'，'再生（播放）'可能是更贴切的说法。"

"好，麻烦你叫他们出来。"

笹田点了点头，将记忆条插入装置。

老夫妇与一对陌生男女出现在我眼前。似乎都是全息影像。

"咦，小聪？我们是被你招来的吗？"老先生对我说道。

看来对方应该也能看见我。

"我不是小聪。"

"啊？"

"那个人大概才是小聪吧。"

"还真是！小聪变回死前的模样了。"

"到底是怎么回事啊？"老妇人问道。

"我们都死了。我是你们当年请的招魂师。"

"啊……原来是那位善良的招魂师！多谢您仗义相助！"老妇人鞠了一躬。

"听着！我当时明明跟你们说好了，只借一小时，怎么会变成这样？"

"我来解释吧，"聪说道，"当年家父家母无论如何都不肯放弃我，我也不忍心抛下他们，一拖再拖，所以才迟迟没有把身体还给您。"

"喂，这跟借了人家的漫画游戏不还可是两码事。你们要怎么赔我啊?!"我凶神恶煞道。

"老公，你别这样……"陌生女人说道。

"你是谁?"

"你的妻子。"陌生女人回答。

"我的妻子。"聪则说道。

聪与妻子面面相觑。

气氛诡异。

"我是说，在法律层面，我确实是你的妻子。"妻子说道。

"但你根本不认识他，他也不认识你。"聪说道。

"可我只觉得你是个素未谋面的陌生人啊。"妻子对聪说道。

尴尬的沉默。

怎么搞的？这个女人坚称我是她的丈夫？这算三角恋吗？什么鬼，这俩人我可都没见过啊。我怎么就被卷进了这么复杂的事情里？

"不过……一群死人在一起说话，感觉好奇怪啊。"幸好老妇人开口打破了沉默。

我暗暗感激。

"哪里奇怪了。活人跟死人说话也就罢了，死人跟死人说话不是很正常吗？怀念逝者的时候，大家不是常说'他肯定在那边见到了亲朋好友'吗？"老先生说道。

"老头子，你在那边见着熟人了？"

"没，我都不知道'那边'到底是哪儿。"

"不就是死后的世界吗？天堂地狱之类的……"

"你去那种地方了？"

"没有啊,前一秒刚在医院失去意识,后一秒就在这儿了。"

"也许不同于我们的灵魂已经去了另一个世界。"

"那我们算什么呢?"

"招魂师吧。植入了死者记忆的招魂师。"

"好像不是这么回事。"我说道。

"怎么说?"聪问道。

"我们好像不是被招魂师招来的,而是用机器再生出来的。"

"机器?听您这么一说……我们每个人都跟活着的时候一模一样呢。难道我们是附在了机器人身上?"

"连机器人都不是。我们是全息影像。"

聪摸了摸自己的身体。"可我有实体啊。"

"不过是机器让你产生了那样的感觉而已。"

"是什么东西在感知?"聪问道。

"据说是人工脑。"

"我怎么听不明白呢……麻烦您再解释一下吧。"

"我自己都还云里雾里呢,哪儿有本事跟你说透啊。"

"会不会就是这里啊?"自称是我妻子的女人说道。

"什么'就是这里'?"我问道。

"死后的世界。这里就是阴间吧?"

"这里是实验室。"

"可我们这些后死的人在跟早就去世的你说话呢。这不就是人们常说的'在阴间重逢'吗?"

我哑口无言。

是这样吗?这里真是死后的世界吗?

"会一直保持这种状态吗?"聪嘟囔道。

那就不是天堂,而是地狱。

"喂!笹田!!"

"我在,怎么了?"

"能不能停放啊?"

老夫妇和儿子儿媳的动作骤然而止。四人僵在原地,仿佛被冻住了一般。

"怎么回事?"我问道。

"再生暂停了。"

"他们死了?"

"他们早就死了。取消暂停,就会再次启动。要开始吗?还是想彻底停止?"

"等一下,"我思索片刻,"就算现在停放,也可以随时重启是吧?"

"当然。"

"那就先停下。"

"好的。"

四人消失不见。

仿佛从未出现过。

这个念头刚冒出来,我便毛骨悚然。

"刚才那些都是真的?"

"你指的是?"

"你有我客户全家的记忆条,还把那些记忆条播放出来,让我和他们说上了话……这件事真的发生过吗?"

"你在担心什么?"

"我想知道刚才发生的一切,是不是你们编织出来的幻象。"

"你认为这个问题有意义吗?"

"没有意义？那我就更糊涂了。"

"如果我告诉你，你刚才经历的一切都是真的，你就会老老实实相信了吗？"

"别光动嘴皮子，拿证据出来。"

"证据？什么样的证据才能让你满意呢？"

"呃……你们有没有分析数据证明这根记忆条是真的？"

"有，请看。"

分析数据出现在我眼前。

"有没有证据证明这些数据是真实可信的？"

"什么样的证据才能让你满意呢？"

"……有没有专业人士出具文件证明这些数据是正确的？"

"专业人士是指？"

"比如大学的专家。"

"我这就出一份证明给你。"

"不，要级别更高的人。"

"你具体想要谁出具证明？"

"……其实仔细一想，什么样的证据都能制造出来。哪怕是制造起来比较花时间的证据，只要暂停我的时间，就有办法准备出来。"

"没错，亏你能反应过来。"

"这可怎么办？那我岂不是无法判断他们的真假吗？"

"不必纠结这些。"

"哪儿能不纠结呢。"

"刚才那家人是真是假又有什么区别呢？再说了，怎么样才算'真'呢？你和他们都不过是副本而已。"

"确实。那我也不是真的了?"

"这个嘛……"

"你们也太不负责任了。明明是你们再生了我。"

"不必纠结这些。"

"哪儿能不纠结呢。说不定一切都只是幻影啊。"

"可真实和幻影就是无法区分的啊。既然无法区分,就只能当它们是一回事了。"

"这也太扯了……"

"色不异空,空不异色,色即是空,空即是色。"

"你念叨什么呢?"

"《般若心经》。这句话的意思是:现实就是虚幻,虚幻就是现实,两者并无不同。"

"《般若心经》成书的时候哪儿来的虚拟现实啊。"

"是啊,太不可思议了。"

"你是想告诉我,说不定整件事都是一场闹剧,你和这里的工作人员其实都不存在,都是幻影?"

"终于反应过来啦?"笹田笑道。

笹田和工作人员瞬间消失。

"等等!给我回来!"我喊道。

"还有什么吩咐?"笹田问道。

"告诉我!什么是真的,哪些才是幻象啊!"

"不必纠结这些。"

笹田就此消失。

完成记忆冻结。

实验记录结束。

17

"刚才那段记忆是我经历过的?"

"是的。我们认为你已经准备好了,所以进行了解冻。"

"你的意思是,置身幻象的人无法判断那是现实还是幻象?"

"没错,而且也没必要去判断。"

"为什么没必要判断?"

"只有在'能以某种方式区分现实和幻象'这一前提下,区分才是有必要的。如果本就无法以任何方式进行区分,那就没有了区分的必要。"

"我现在看到的这个世界也是你们展示给我的吧?"

"是的。"

"那我肯定区分不出现实和幻象,但你应该可以。那就意味着现实和幻象终究是两码事。"

"谁敢断定我所认知的现实就一定不是幻象呢?"

"你是说,你所处的现实也不一定是真实的?"

"也许是真实的,也许是幻象。我自己是无法判断的。"

"那世界上岂不是没有任何确实可靠的东西了?"

"没错。"

"那怎么行。世界上必然存在某些确实可靠的东西。"

"那不过是你一厢情愿。你就不觉得世界与你的一厢情愿无关吗?"

"你的意思是,现实和幻象在本质层面是无法区分的?"

"没错。既然无法区分,'试图区分'就是无稽之谈。原原本本地接纳这个世界就是了。"

"哪怕一切都是幻象?"

"只要你接纳了,一切就会成为现实。"

郊外的田园风光出现在我面前,却随即被大城市的景象取代,接着又变成了中世纪的街景。

"你在扮演神明吗?"

"不光我可以,你也可以。要不要试试?"

"我该怎么做?"

"随心所向。"

我想要一座飘浮在宇宙空间里的太空城市。

刹那间,我已置身其中。

我想在古代的地球上观察恐龙。

怪物们就在我身边走来走去。

"好逼真的幻象啊。"

"那就是现实。与现实并无不同。"

"人类到底变成了什么样子?"

"人类实现了进化。"

"这就是进化的结局吗?每个人都成神了?"

"没人知道进化是不是到此为止。"

"如果所有的愿望都会实现,人还算人吗?"

"没人知道我们还能做多久的人。唯一可以确定的是,这里是人类的理想世界——净土。"

"我是一个罪犯。罪犯也能归于净土吗？"

"作为招魂师，你看到了许多人生的记忆。那些人生的记忆并未完全消失，而是沉淀在了你的心里。"

"没错。起初是一份碰巧留下的舐犊之情。从那时起，我便在好奇心的驱使下吸收起了种种残留在我体内的人生记忆。最开始确实是出于好奇，但不知不觉中，那些人的记忆成了我的一部分，也改变了我，让我拾回了失去的心。"

"你窥视了种种人生中的种种罪行。那都是不可原谅的吗？"

"我自己就是罪犯，没有资格评判别人。我只能说，那些罪行都来源于人性的弱点。"

"你们——人类得到了宽恕。"

"你凭什么这么说？"

"这个世界便是铁证。每个人都能安享一方净土。"

世界被耀眼的光芒笼罩，万物的轮廓清晰起来。

"我见过你。"我对直到那一刻还"谁都不是"的人说道。

"没错……久违了。"

"你是谁？"

"我是结城梨乃——先行者之一。"

那分明是和我在大遗忘博物馆有过一面之缘的女人。

"你是真实存在的？还是我的愿望？"

"区分是没有意义的。"梨乃微笑着说道。

"我——人类以后该怎么办？"

"这要由你自己来决定。这就是我复活你的原因。"

"为什么选我？"

"因为你有潜力。"

"我只是一个卑微的招魂师。"

"你是独一无二的。古希腊人和古印度人认为，人的灵魂会在无数次轮回转世的过程中逐渐成长。我们也不确定是不是确有其事，但你碰巧有类似的经历。"

"我？"

"形形色色的人生记忆残留在你心中，层层叠叠，构成了你现在的灵魂。巧就巧在，那些记忆赋予了你近似于轮回转世无数次的体验。"

"你也太瞧得起我了。我就是个微不足道的普通人。"

"那是因为你还在成长的过程中。当你的成长显现出来时，人类的终极进化就会拉开帷幕。"

我感到成百上千个灵魂在我心中颤抖。

我们的人生并不是毫无意义的。我们为人类和生命的进化做出了贡献。

我听到了他们的欢呼。

"瞧，无限的世界正展现在你眼前，你可以尽情冒险。"

抬头望天，地球映入眼帘。凝神望去，表面的细节尽收眼底。绿意盎然的大自然将地球拥入怀中，高度发达的城市点缀其间。串联城市的交通网也与自然和谐共存。源自城市的交通线路不仅分布在陆地之上，还延伸到了海洋、天空和太空中。地球文明正要突破地球的框架，无限伸展。

与此同时，我的眼睛也看到了地球内部的其他地球。地球变成了半透明的，我得以透过它看到其中的无数颗小地球。有的地球已成为完全回归自然的世界，有的地球则化作被人造物体覆盖的行星。每一颗地球都孕育了截然不同的文明。还有其他的地球飘浮在地球之外。我所在的地方,似乎也是自外界遥望地球的另一颗地球。

"哪一颗才是真正的地球?"

"颗颗平等,皆是地球。每一种未来都会接纳你与全人类。选择权在你。"

"万一我选错了呢?"

"重来几次都行。因为你有无限的时间从头来过。"

看来我肩上的担子很重,但我不必畏惧失败。就算失败了,也可以重新开始,不限次数。

我与我招魂过的无数人一起,迈向光芒的海洋。

随心所向就好。

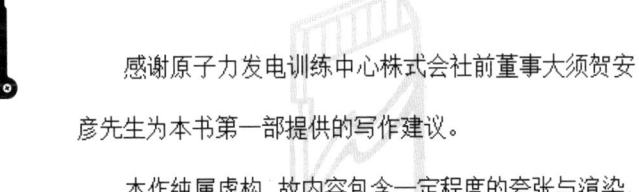

感谢原子力发电训练中心株式会社前董事大须贺安彦先生为本书第一部提供的写作建议。

本作纯属虚构，故内容包含一定程度的夸张与渲染，敬请谅解。

小林泰三

USHINAWARETA KAKO TO MIRAI NO HANZAI
©Yasumi Kobayashi 2016, 2019
First published in Japan in 2016 by KADOKAWA CORPORATION, Tokyo. Simplified Chinese translation rights arranged with KADOKAWA CORPORATION, Tokyo through Pace Agency Ltd.

©中南博集天卷文化传媒有限公司。本书版权受法律保护。未经版权人许可，任何人不得以任何方式使用本书包括正文、插图、封面、版式等任何部分内容，违者将受到法律制裁。

著作权合同登记号：图字 18-2023-243

图书在版编目（CIP）数据

失去的过去与未来的犯罪 /（日）小林泰三著；曹逸冰译 . -- 长沙：湖南文艺出版社，2024.2
ISBN 978-7-5726-1467-5

Ⅰ . ①失… Ⅱ . ①小… ②曹… Ⅲ . ①长篇小说—日本—现代 Ⅳ . ① I313.45

中国国家版本馆 CIP 数据核字（2023）第 187144 号

上架建议：日本文学·科幻悬疑

SHIQU DE GUOQU YU WEILAI DE FANZUI
失去的过去与未来的犯罪

著　　者：[日]小林泰三
译　　者：曹逸冰
出 版 人：陈新文
责任编辑：张子霏
监　　制：毛闽峰
策划编辑：陈　鹏
特约编辑：朱东冬
版权支持：金　哲
营销编辑：刘　珣　焦亚楠
封面设计：山川制本 workshop
版式设计：梁秋晨
出　　版：湖南文艺出版社
　　　　　（长沙市雨花区东二环一段 508 号　邮编：410014）
网　　址：www.hnwy.net
印　　刷：北京中科印刷有限公司
经　　销：新华书店
开　　本：875 mm × 1230 mm　1/32
字　　数：193 千字
印　　张：8
版　　次：2024 年 2 月第 1 版
印　　次：2024 年 2 月第 1 次印刷
书　　号：ISBN 978-7-5726-1467-5
定　　价：49.80 元

若有质量问题，请致电质量监督电话：010-59096394
团购电话：010-59320018